BASTEI
LÜBBE

BARBARA CARTLAND

In den Fesseln der Liebe

Aus dem Englischen von
Esther Facius

BASTEI-LÜBBE-TASCHENBUCH
Band 11607

Deutsche Erstveröffentlichung
Titel der englischen Originalausgabe:
Caught by Love

Printed in West Germany August 1990
Einbandgestaltung: Roland Winkler
Titelzeichnung: Norma, Barcelona
Satz: Froitzheim, Bonn
Druck und Bindung: Ebner Ulm
ISBN 3-404-11607-0

1

1820

Der Marquis von Broome unterdrückte ein Gähnen.

Er fand die überhitzte, stickige Luft von Carlton House noch unerträglicher als gewöhnlich und fragte sich, wie lange es noch dauern werde, bis er endlich gehen könne. Obwohl er den Prinzregenten aus mannigfachen Gründen schätzte und bewunderte, langweilten ihn dessen nicht enden wollende Partys, die in letzter Zeit immer häufiger und gleichzeitig immer eintöniger wurden, von Mal zu Mal mehr.

Veranstaltungen ohne Abwechslung. Immer dieselben Leute, dieselben Gesichter, dieselben Gespräche.

Ermüdend!

Es gab nur eins, was sich auf Carlton House änderte und einem ständigen Wechsel unterworfen war: der Sinn des Prinzregenten.

Im Augenblick war der Stern Lady Hertfords im Sinken begriffen. In absehbarer Zeit würde wohl die Marchioneß von Conyingham den Platz der königlichen Favoritin einnehmen.

Doch wer immer die große, korpulente ältere Lady sein mochte, die jeweils die Gunst des Herrn von Carlton House genoß, die Gespräche blieben die gleichen. Eine jede dieser Frauen verriet ihre Unwissenheit über die Gedanken und Gefühle der Menschen im Land, sobald sie auch nur den Mund auftat.

Das einzige, was dem Marquis auf Carlton House Freude bereitete, war die Gemäldesammlung, welcher der Prinzregent fast wöchentlich eine Neuerwerbung hinzufügte, und die zusammen mit den kostbaren Möbelstücken, Skulpturen und sonstigen Kunstgegenständen die königliche Residenz immer mehr in ein Museum verwandelten.

Wieder gähnte der Marquis, und einer seiner Freunde, der gerade an ihm vorbeikam, blieb vor ihm stehen und meinte:

»Langweilst du dich, Ivo, oder bist du noch müde von den Exzessen der vergangenen Nacht?«

»Ich langweile mich«, gab der Marquis, nicht sehr gesprächig, zur Antwort.

»Dabei dachte ich, du hättest heute abend den Vogel abgeschossen«, fuhr Henry Hansketh fort. »Meine Thusnelda jedenfalls redet zu viel. Und wenn es etwas gibt, was ich bei einer Frau hasse, dann ist es ihr Geplapper, sobald es Tag geworden ist.«

Der Marquis schwieg, und Lord Hansketh nickte, er wußte, daß sein Freund es sich zur Regel gemacht hatte, niemals über Frauen zu reden, an denen er interessiert war – gleichgültig, ob es sich dabei um eine Lady oder eine Halbweltdame handelte.

»Ich hab' das Gefühl, Prinny zieht sich bald zurück«, sagte Henry Hansketh und wechselte das Thema. »Ein Segen, daß er älter wird und nicht mehr so lange aufbleiben kann wie früher.«

»Da sagst du was«, erwiderte der Marquis. »Ich erinnere mich noch gut an die Zeiten, in denen der Prinz von Wales keine Nacht in die Federn kroch, bevor der Morgen graute.«

Lord Hansketh lachte.

»In die Federn kriechen? Muß ich mir merken!« Er

nickte erneut. »Obwohl du schon bessere Bonmots von dir gegeben hast.«

»Ich schenke es dir«, seufzte der Marquis. »Du wirst zweifellos Gelegenheit haben, es oft genug an den Mann zu bringen.«

Sein Freund grinste.

»Natürlich. Du bist eben der Geistreichere von uns, und deine Bonmots gehören nun mal zu den Dingen, die wir dir ungestraft entwenden können.«

Der Marquis hatte nur mit halbem Ohr zugehört. Er sah zum Prinzregenten hin, der in diesem Moment Lady Hertford den Arm bot, um sie aus dem Chinesischen Salon zu geleiten.

Er schätzte, daß er Carlton House mit etwas Glück in den nächsten zehn Minuten verlassen konnte.

Als wäre er Gedankenleser, sagte Lord Hansketh:

»Und wie sieht deine nächste Verabredung aus, Ivo? Möchte nur zu gerne wissen, ob ich mit meiner Vermutung, wer wohl heute abend die Glückliche ist, richtig liege.«

»Deine taktlosen Andeutungen kannst du für jemanden anders aufbewahren«, erwiderte der Marquis. »Aber ich kann dich beruhigen. Zufällig werde ich nach meinem Aufbruch von hier auf dem nächsten Weg nach Broome fahren!«

»Was, jetzt mitten in der Nacht?« rief Henry Hansketh erstaunt.

Der Marquis nickte. »Ich habe da ein bestimmtes Pferd, das ich vor dem Hindernisrennen am kommenden Samstag unbedingt noch ein wenig trainieren möchte.«

»Und dieses Rennen möchtest du natürlich unbedingt gewinnen.«

»Das hängt ganz davon ab, wie gut dieses bestimmte Pferd ist!«

Sekundenlang herrschte Schweigen zwischen ihnen. Dann rief Lord Hansketh:

»Natürlich, jetzt weiß ich, wovon du sprichst. Du hast auf der Versteigerung des armen D'Arcy eine Anzahl neuer Pferde erstanden. Ich nehme an, das Tier, von dem du sprichst, stammt daher.«

»Deine Annahme«, erklärte der Marquis trocken. »Und zufällig war ich sehr verärgert, als D'Arcy mir bei Tattersall's Agamemnon vor der Nase wegschnappte, nur weil ich ausgerechnet an dem Tag, an dem er zum Verkauf stand, verhindert war.«

»Agamemnon«, wiederholte Lord Hansketh. »Ich erinnere mich an den Namen! Ein prächtiges Tier – und ein Biest dazu. Mein Gott, war das ein Aufruhr, als man es in die Arena brachte! Drei Männer reichten kaum, den Hengst zu bändigen!«

Er bemerkte das schwache Lächeln auf den Lippen des Marquis, bevor dieser sagte:

»Man hat mir erzählt, wie wild er sich gebärdete, und obwohl ich D'Arcy ein Kaufangebot machte, lehnte er ab. Natürlich nur, um den Preis in die Höhe zu treiben. Er selbst war nie in der Lage, mit dem Tier zurechtzukommen.«

»Was dir nicht die geringste Mühe bereiten wird, nicht wahr?« versetzte Hansketh augenzwinkernd.

»Ich hoffe es zumindest«, antwortete der Marquis gelassen.

Seine Stimme verriet Selbstbewußtsein und Vertrauen in die eigenen Fähigkeiten, was charakteristisch für ihn war.

Ungewöhlich gutaussehend, überragte er die meisten der anwesenden Herren um Haupteslänge. Und an seinem schlanken, athletischen Körper gab es keine Unze überflüssigen Fetts.

Der Marquis von Broome galt in der Sportwelt als sehr erfolgreich. In der Tat besaß er eine begeisterte Anhängerschaft unter den Reitsportfans, und sein Erscheinen auf den bekannten Rennplätzen löste wahre Beifallsstürme aus.

Gleichzeitig jedoch hielten ihn diejenigen, die sich seine Freunde nannten, für unberechenbar und in gewisser Weise für undurchschaubar und rätselhaft.

Obwohl es kaum eine schöne Frau gab, die ihm nicht bereitwillig ihr Herz zu Füßen gelegt hätte, war sein Interesse am weiblichen Geschlecht von sehr wählerischer Natur. Er hatte sich den Ruf erworben, herzlos, ja oft sogar völlig abgestumpft gegenüber den Damen zu sein.

»Er ist hartherzig und grausam«, hatte eine der Schönen seufzend allen geklagt, die es hören wollten.

Dies war um so befremdlicher, da der Marquis als leidenschaftlicher Gegner jeder Art von Tierschinderei und Brutalität im Reitsport galt.

Ihm war es zu verdanken, daß man in der eleganten Welt Stierkämpfe aufs äußerste verpönte. Und man wußte von ihm, daß er einen Mann mit dessen eigener Peitsche traktiert hatte, als er Zeuge wurde, wie dieser sein Pferd mißhandelte.

Die Tränen der Damen dagegen ließen den Marquis kalt, gleichgültig wie mitleiderregend sie wirkten und wie reizvoll ihnen die Tränen auch zu Gesicht stehen mochten.

Dem Zeitgeist entsprechend hielt sich der Marquis allerdings wie alle seine adligen Zeitgenossen regelmäßig eine Mätresse, der er seine besondere Gunst schenkte.

Bei einer solchen Mätresse handelte es sich immer um eine gefeierte Halbweltschönheit, die von sämtlichen Beaus der St. James' Street umschwärmt wurde, und die er diesen Gentlemen zu deren Verdruß vor der Nase weggeschnappt hatte.

»Wenn du mich fragst«, hatte Lord Hansketh einmal einem Freund anvertraut, »ich glaube nicht, daß Broome auch nur das leiseste Interesse an diesen Frauen hat, die er da der Reihe nach in seinem Haus in Chelsea einquartiert und mit Pelzen und Geschmeide behängt. Im Grunde geht's ihm nur darum, uns, die wir uns derartige Eskapaden nicht leisten können, zu ärgern und neidisch zu machen.«

»Falls du damit sagen willst, daß Broome an Linette in Wirklichkeit nichts liegt, dauert es nicht mehr lange, bis ich ihm ein Stück Blei in den Kopf jage«, erwiderte derjenige, mit dem Henry Hansketh sprach.

Dieser lachte schallend.

»Das wird dir weniger gelingen als ein Flug zum Mond, Charlie. Hast du vergessen, wie schnell und zielsicher Ivo mit einer Pistole ist? Bisher hat noch nie jemand im Duell eine Chance gegen ihn gehabt.«

»Zum Teufel mit ihm! Warum macht immer er das Rennen – egal, ob mit Pferden oder bei den Frauen?«

Wieder lachte Henry Hansketh.

»Du bist nur neidisch auf ihn, Mann. Genau das ist es, was mit dir nicht stimmt. Aber tröste dich: Ich kenne Ivo so gut, daß ich weiß, er ist trotz all der Dinge, um die wir ihn beneiden, nicht wirklich glücklich.«

»Nicht glücklich?« rief Charlie ungläubig. »Natürlich ist er das! Wie sollte ein Mann nicht glücklich sein bei diesem Reichtum und mit all den Häusern und Landgütern, die er besitzt.«

»Trotzdem bin ich fest davon überzeugt, daß Ivo etwas fehlt«, beharrte Henry Hansketh auf seiner Meinung.

»Und was sollte das sein?« fragte Charlie gereizt.

Lord Hansketh gab ihm keine Antwort.

Doch während er von White's zu seiner Wohnung in der Half Moon Street fuhr, dachte er daran, daß er in all den Jahren ihrer Freundschaft den Marquis noch nie verliebt gesehen hatte.

Als junge Männer hatten sie in Wellingtons Armee gedient. Dort war Ivo, der damals noch nicht den Marquistitel seines Vaters geerbt hatte, nicht nur der bestaussehende Offizier der Königlichen Leibgarde gewesen, sondern auch der schneidigste, tapferste und zweifellos am meisten bewunderte.

Wenn er und Henry dienstfrei hatten, suchten sie meist die Gesellschaft schöner Ladys auf, mochten diese der großen Gesellschaft oder der Halbwelt angehören.

Doch während ihre Kameraden sich aus lauter Verliebtheit und Liebeskummer fast umbrachten, behielt Ivo immer einen klaren Kopf. Und wenn er jemals in eine Frau verknallt gewesen war, mußte es ihm gelungen sein, dies selbst vor seinen engsten Freunden zu verbergen.

Ivo schien auf diesem Gebiet das Gemüt eines Eisberges zu haben.

Umgekehrt die Damen.

Sie schmolzen dahin bei seinem Anblick, verliebten sich rettungslos in ihn. Lord Hansketh, der ununterbrochen mit dem Marquis zusammengewesen war, konnte ein Lied davon singen. Die Ladys hätten Ivo am liebsten gefressen vor Liebe, und die Zahl der dezent nach Parfüm duftenden Billets, die täglich vom frühen Morgen bis zum späten Abend in seinem Stadthaus auf dem Beverly Square eintrudelten, waren Legion gewesen.

Ob er sie jemals öffnete und las, ob er auch nur ein einziges davon beantwortete, blieb ein Geheimnis.

Der Marquis war also in diesem Punkt eine Enttäuschung für seine Zeitgenossen.

Der Klatsch kam bei ihm nicht auf seine Kosten. Das endlose Getuschel speiste sich aus Vermutungen. Nur eins stand wirklich fest: Nichts im Leben des begehrten Junggesellen deutete auch nur vage auf eine Eheschließung hin.

Henry Hansketh überlegte im Augenblick, ob der Marquis allein nach Broome fahren wollte, oder ob er lieber Gesellschaft hätte und er ihm vorschlagen sollte, ihn zu begleiten.

Wenn es etwas gab, was den Lord begeisterte, dann war es der Umgang mit den unübertrefflichen Pferden, die sein Freund besaß. Ein Ritt auf einem dieser Tiere war für Henry Hansketh gewissermaßen die Spitze der Fahnenstange.

Zudem währte ihre Freundschaft nun schon so lange, daß sie immer etwas zu bereden hatten, und die Stunden, die sie miteinander verbrachten, waren nicht nur ein intellektueller Genuß, sondern rundherum vergnüglich.

Dann erinnerte sich Henry Hansketh, daß er dem Prinzregenten versprochen hatte, ihn am nächsten Morgen in den Buckingham-Palast zu begleiten, wo dieser sich nach dem Befinden des Königs erkundigen wollte.

Der Gesundheitszustand Seiner Majestät verschlechterte sich jetzt in seinem zweiundachtzigsten Lebensjahr von Tag zu Tag. Der alte Herr verfiel zusehends und magerte beängstigend ab.

Der Regent war des ewigen Wartens müde und bat gewöhnlich jemanden, dem er trauen konnte und den er mochte, ihn bei seinen Pflichtbesuchen zu begleiten.

»Wann bist du wieder in London?« fragte Lord Hansketh seinen Freund.

Der Marquis, der den Regenten bei seiner bewußt hinausgezögerten Verabschiedung ungeduldig beobachtete, antwortete:

»Ich weiß es noch nicht. Mittwoch oder Freitag vielleicht.«

»Falls du bis dahin nicht zurück bist, werde ich rauskommen und dir Gesellschaft leisten.«

»Das wäre ein Grund für mich, den Aufenthalt auf dem Land zu verlängern«, erwiderte der Marquis. »Aber du weißt, ich fühle mich auch allein dort stets äußerst wohl. Ich begreife nicht, wie jemand das Leben in London interessant finden kann, während draußen auf den Feldern die Jagd beginnt.«

»Ich gebe dir recht. Nichts tut unseren steifen Knochen so gut wie die Bewegung in frischer Luft. Vor allem hat's dort mal ein Ende mit diesen ewigen Kniefällen, Verbeugungen und Kratzfüßen.«

»Wie es aussieht, macht's der König nicht mehr lange. Prinny sprach davon, daß er beabsichtige, seine Partys für die nächste Zeit abzusagen. Das würde heißen, daß es endlich mal eine Verschnaufpause für uns gäbe.«

»Deine Worte sind Balsam für meine Seele«, entgegnete Henry Hansketh. »Andererseits werde ich den Verdacht nicht los, daß seine Sohnesliebe nicht von langer Dauer sein wird.«

Der Marquis gab darauf keine Antwort, doch sein Gesichtsausdruck sprach mehr als viele Worte. Henry Hansketh war sicher, daß der Marquis nicht die geringsten Schwierigkeiten haben würde, sich der

Teilnahme an den Carlton-House-Gesellschaften zu entziehen, während er selbst dies nie fertigbringen würde.

Der Regent näherte sich nun endgültig der Saaltür. Sämtliche Ladys, an denen er vorbeischritt, sanken knicksend zu Boden, und die Gentlemen beugten ruckartig die Köpfe.

Beleibt, rosig, und doch mit einem unerklärlichen Charme, entschwand der Prinz – Lady Hertford am Arm – dann endlich den Blicken der Gäste, und der Marquis sagte erleichtert:

»Jetzt aber nichts wie weg! Kann ich dich irgendwo absetzen, Henry?«

»Nein, besten Dank«, erwiderte sein Freund. »Ich muß noch mit einigen Leuten reden, bevor ich aufbreche. Bleib nicht zu lange auf Broome. Obwohl ich nicht umhin kann, dich zu beneiden um die frische Landluft und das Kräftemessen mit Agamemnon. Du wirst es sicher genießen.«

Das schwache Lächeln, das die Lippen des Marquis umspielte, verriet ihm, daß es genau das war, worauf der Freund sich freute.

»Ich glaube, du kommst am besten am Donnerstag abend oder Freitag im Laufe des Tages«, sagte der Marquis nach einer kurzen Pause. »Bis Montag nächster Woche wird uns hier voraussichtlich niemand mehr brauchen.«

»All right, Ivo. Ich hatte zwar einer sehr attraktiven Lady versprochen, sie am Freitag abend zum Dinner auszuführen, aber ich werde mir schon eine Entschuldigung ausdenken und zu dir nach Broome rauskommen.«

Der Marquis hatte die Zustimmung seines Freundes nicht abgewartet, sondern sich zum Gehen gewandt.

Mit raschen Schritten verließ er den Chinesischen Salon, nachdem er geschickt der Prinzessin von Lieven, der Gemahlin des russischen Botschafters, ausgewichen war.

Sie galt als sehr geistreich und scharfzüngig und war schon seit geraumer Zeit hinter dem Marquis her – allerdings ohne Erfolg.

Er eilte die kunstvolle Doppeltreppe hinunter, die nach Fertigstellung des Hauses überall große Bewunderung gefunden hatte, und durchquerte die prächtige Halle mit den hohen jonischen Säulen aus braunem Siena-Marmor.

Nachdem ein Diener ihm den pelzgefütterten Umhang um die Schultern gelegt hatte, trat er durch das Portal auf den korinthischen Säulenvorbau hinaus.

Augenblicklich erschien Linkman und rief:

»Der Wagen des hochwohlgeborenen Marquis von Broome!«

Der Marquis hatte seinem Diener gesagt, daß er die Party des Prinzregenten so früh wie möglich verlassen werde, und als sein Wagen Sekunden später vorfuhr, richteten sich sämtliche Augenpaare auf die sechs rassigen Rapphengste, die ihn zogen.

Es war ein neues Gefährt, das der Marquis nach eigenen Angaben hatte anfertigen lassen, und es war erst wenige Tage in seinem Besitz. Ungewöhnlich leicht gebaut und so hervorragend gefedert, konnte man glauben, die leuchtend gelb lackierten Räder berührten während der Fahrt kaum die Fahrbahn.

Der Marquis stieg ein. Der Diener legte ihm eine Zobeldecke über die dunklen Kniehosen, und kaum hatte er den Wagenschlag, auf dem das prächtig verzierte Wappen der Broomes prangte, geschlossen und auf dem Kutschbock Platz genommen, als die Pferde sich auch schon in Bewegung setzten.

Wenn der Marquis etwas nicht mochte, dann waren es Verzögerungen bei der Abfahrt und Schneckentempo während der Reise.

Er war es gewohnt, daß sein Kutscher ein Gespann mit derselben Geschicklichkeit lenkte wie er selbst, und daher verlangte er immer eine Fahrgeschwindigkeit, die eventuelle Mitreisende in Angst und Schrekken versetzte und ihnen die Haare zu Berge stehen ließ. Meist saßen sie stumm und in verkrampfter Haltung auf der Sitzbank, und auf ihren angstbleichen Gesichtern stand die bange Frage, ob sie ihr Reiseziel überhaupt lebend erreichen würden.

Derartige Ängste kannte der Marquis nicht. Im Gegensatz zu vielen Männern von Welt, die es ablehnten, sich kutschieren zu lassen, weil sie selbst hervorragend mit einem schnellen Gespann umzugehen vermochten, überließ er die Zügel gern seinem Driver. Er vertraute dessen Fahrkünsten hundertprozentig, denn der Mann stand bereits seit vielen Jahren in seinen Diensten.

Sobald sie den dichten Verkehr in der Pall Mall hinter sich gelassen hatten und in die St. James' Street und anschließend in den Piccadilly eingebogen waren, lehnte sich der Marquis behaglich in die Polster zurück, hob die seidenbestrumpften Beine und legte die Füße auf die gegenüberliegende Sitzbank.

Auch sie war dick gepolstert, denn sie diente nicht nur als Sitzgelegenheit, sondern auch als eine Art Safe, der mit einem Spezialschloß versehen war und der Unterbringung von Wertgegenständen während der Reise diente.

Wegelagerer, die es wagten, die Kutsche zum Halten zu bringen, hatten keine Ahnung von der Existenz eines solchen Safes.

Es war eine Erfindung des Marquis selbst, und es gab noch einige andere Besonderheiten, die sein Gefährt zu einer Einmaligkeit machten.

Doch die Einmaligkeit seines schnellen Reisewagens und die wohlgesicherte und geräumige Unterbringungsmöglichkeit für Wertgegenstände darin, waren im Augenblick nicht das, womit sich ihr Besitzer beschäftigte. Seine Gedanken waren bei Agamemnon und dem Genuß, den der erste Ritt auf dem neuerworbenen Hengst ihm bereiten würde.

Er freute sich auf die Herausforderung, die auf ihn zukam, denn er würde all sein Können und seinen ganzen Mut brauchen, um mit diesem wilden, ungestümen Tier zurechtzukommen.

Außerdem war der Marquis, wie Lord Hansketh bereits vermutet hatte, müde.

Und Müdigkeit war etwas, was der Marquis normalerweise nicht kannte. Aber in der Nacht zuvor war es ungewöhnlich spät geworden – und das nach einer Reihe vorausgegangener Nächte, die er in der gleichen Weise zugebracht hatte.

Doch wie spät es in der Nacht zuvor auch geworden war, es führte nie dazu, daß der Marquis auf seine morgendlichen Ausritte in den Park verzichtete, solange er sich in London aufhielt.

Er benutzte dazu immer die ersten Stunden des Tages, da er dann meist allein war und auf andere Reiter keine Rücksichten zu nehmen brauchte. Er konnte genau das tun, was ihm Freude machte.

An diesem Morgen hatte er außerdem nach dem Frühstück noch einen Boxkampf in Wimbledon besucht. Einer der beiden Kämpfer stand unter dem

Patronat des Marquis und hatte selbstverständlich gewonnen.

Dem Besuch der Boxkampfarena war ein Mittagessen mit dem Premier und einem Mitglied des Parlaments gefolgt, und bei dieser Zusammenkunft waren Probleme zur Sprache gekommen, die den Marquis sehr interessierten.

Er machte sich nämlich ernsthafte Sorgen wegen der Gewaltausbrüche, den revolutionsartigen Aufständen und Bedrohungen der gesellschaftlichen Ordnung, die das Jahr 1815 entscheidend geprägt hatten und nun erneut aufzuflammen schienen.

Eine Anzahl eher optimistischer Politiker hielt dies für ein unnötiges Aufbauschen der Lage.

Doch Lord Sidmouth unterstützte die Linie des Marquis und teilte seine Einschätzung der Ereignisse. Er hatte erklärt, die dunklen Wolken im Norden kündeten seiner Überzeugung nach ein schweres Unwetter an, und dem Lordkanzler hatte er in aller Deutlichkeit zu verstehen gegeben, daß er sowohl die gesetzlichen Handhaben als auch die polizeilichen Mittel für nicht ausreichend halte, um die aufrührerischen Kräfte zu bändigen.

Nur wenige Freunde des Marquis, Lord Hansketh ausgenommen, hatten eine Ahnung davon, welchen Wert die Teilnehmer solcher privater Treffen auf die Meinung des Marquis legten und wie aufmerksam sie seinen Darlegungen zu diesem Thema lauschten.

»Es muß etwas unternommen werden – und das unverzüglich«, sagte er jetzt halblaut vor sich hin. »Andernfalls wird es einen riesigen Ärger geben, denn Reformen sind schon lange überfällig.«

Er begann im Geiste die Maßnahmen aufzuzählen, die er ergreifen würde, wenn er Premierminister wäre.

Unterdessen hatte die Kutsche die Vorstädte hinter sich gelassen und das offene Land erreicht. In schwindelerregendem Tempo ging es über Straßen, die hart und trocken waren nach einer langen Periode ohne Niederschlag und mit nur leichtem Frost in den Nächten.

Wie der Marquis bei der Planung seiner Reise vorausgesehen hatte, schien ein voller Mond vom sternenübersäten Himmel, und der Kutscher war nicht auf den kläglichen Lichtschein der Wagenlaterne angewiesen.

Deutlich sichtbar lag die Fahrbahn vor ihm, von den Sternen am Himmel fast taghell erleuchtet.

Länger als zwei Stunden würden sie für die Fahrt nach Broome, das mitten in den Surrey-Hügeln lag, nicht benötigen.

Er war dabei, ein wenig einzunicken, als ihn plötzlich etwas hellwach werden ließ. Es waren nicht die Bewegungen der Kutsche, die Schuld daran hatten, sondern die Tatsache, daß etwas seine Füße aus einem ihm völlig unerklärlichen Grund nach oben drückte.

Am Anfang war er sich dieser Tatsache nur schwach bewußt geworden. Doch nun gab es keinen Zweifel mehr, die Sitzbank, auf der seine Füße lagen, bewegte sich. Der Gedanke schoß ihm durch den Kopf, das Schloß des Safes könnte nicht sorgfältig versperrt sein.

Ein Gefühl des Unwillens stieg in ihm auf, denn er war ein Mann, der auf äußerste Perfektion in seiner Umgebung Wert legte.

Ärgerlich nahm er die Füße von der Sitzbank, schleuderte die Pelzdecke von den Knien und beugte sich vor, um das Schloß zu prüfen.

In diesem Moment wurde zu seiner maßlosen Überraschung die Sitzbank, die gleichzeitig Safedeckel war, von innen hochgeklappt, und gähnendes Dunkel tat sich vor ihm auf.

»Was, zum Teufel...«, begann er leise, verstummte dann jedoch jäh. Seine Rechte stieß in die dunkle Öffnung, um das mit stählernem Griff zu umspannen, was sich unter dem Kastendeckel verborgen hatte.

Ein heller Schmerzensschrei ertönte, und zwischen seinen kräftigen Fingern fühlte er etwas Warmes, Weiches.

Im Schein des Mondlichts sah er das Gesicht eines jungen Burschen, der auf dem Boden des Kastens kniete und mit vorwurfsvoller Stimme ausrief:

»Sie tun mir weh!«

»Wer bist du? Was hast du hier zu suchen?« fragte der Marquis wütend.

»Ich habe mich versteckt.«

Der Junge rieb sich den Nacken, während er sprach.

Er war sehr zierlich, schlank, was die Tatsache erklärte, daß er sich in dem leeren Safe überhaupt hatte verstecken können. Das Gesicht wirkte bleich und war umrahmt von einem dichten Helm blonder Locken.

»Ich nehme eher an, du wolltest mich berauben«, sagte der Marquis barsch. »Leider konnstest du nicht mehr fliehen, ehe sich die Kutsche in Bewegung setzte, wie?«

Der Junge gab keine Antwort, sondern fuhr fort, seinen Nacken zu massieren. Nach einer kurzen Pause sagte der Marquis:

»Was ich wissen möchte, ist eins: Woher wußtest du, daß es unter diesem Sitz ein Versteck für dich gab? Und wie hast du das Schloß aufbekommen? Ich gehe nämlich davon aus, daß es abgeschlossen war.«

Der Junge blickte zu ihm auf, und der Marquis sah

jetzt die untere Partie seines Gesichts. Es war herzförmig mit einer schönen, oval geformten Stirn und Augen, die groß und ausdrucksvoll wirkten.

Wieder herrschte Schweigen, bis der Marquis sagte:

»Ich warte auf eine Antwort, und ich rate dir, die Wahrheit zu sagen, bevor ich dich meinen Dienern übergebe. Du bist dir doch darüber klar, daß du eine angemessene Strafe verdient hast, nicht wahr?«

»Ich habe Sie nicht bestohlen«, erwiderte der Junge. »Wie ich schon sagte, ich habe mich in Ihrer Kutsche nur versteckt.«

»Vor wem? Und weshalb ausgerechnet in meinem Wagen?«

»Weil er von sechs Pferden gezogen wird.«

Dem Marquis wurde plötzlich bewußt, daß der Junge eine sehr kultivierte und melodische Stimme besaß.

Außerdem erstaunte es ihn, daß der blinde Passagier keinerlei Anzeichen von Furcht verriet.

Der Marquis betrachtete den Jungen genauer. Das Jackett, das erkannte er auf den ersten Blick, war von der gleichen Art, wie er es selbst einmal in Eton getragen hatte. Doch anstatt des üblichen weißen Kragens, hatte sich das Bürschlein einen dunklen Seidenschal um den Hals geschlungen und vor der Brust zu einer Schleife gebunden.

»Ich nehme an, du hast eine Erklärung für dein seltsames Verhalten«, sagte der Marquis streng. »Ich habe doch sicherlich ein Recht darauf!«

»Ich habe nichts Böses getan«, erwiderte der Junge. »Na gut, ich habe mich ein Stück in Ihrer Kutsche mitnehmen lassen, ohne Sie vorher um Erlaubnis zu fragen. Aber sobald wir London hinter uns haben, werde ich verschwinden, und Sie sind mich wieder los. Keine Angst also, ich könnte Sie noch länger belästigen!«

Er machte eine Pause und fuhr dann fort:

»Mit etwas Glück würden Sie von meiner Anwesenheit überhaupt nichts bemerkt haben. Leider hab' ich mich drinnen schrecklich verbogen, und die Luft war so verbraucht, daß ich fast erstickt wäre.«

»Verdient hättest du es«, erklärte der Marquis ingrimmig. »Aber bevor dir dies oder etwas anderes zustößt, möchte ich doch noch gerne wissen, wie du in meine Kutsche gekommen bist und woher du dieses Versteckt kennst?«

Zu seiner Überraschung überzog ein Lächeln das Gesicht des Jungen, ehe er antwortete:

»Zufällig hat sich mein Onkel den gleichen Safe zum Schutz gegen Wegelagerer in seinen Reisewagen einbauen lassen, den er erst kürzlich gekauft hat.«

Die Haltung des Marquis versteifte sich.

»Das glaube ich nicht. Es war meine Erfindung, und die Wagenhersteller haben mir hoch und heilig versprochen, die Idee unter keinen Umständen beim Bau einer anderen Kutsche zu verwenden!«

Der Junge lachte, und der Marquis glaubte, einen leisen Spott in seiner Stimme zu erkennen.

»Sie müssen sehr vertrauensselig sein. Es gibt Leute, die würden die Schätze des Towers von Londen verkaufen, wenn man ihnen genug dafür zahlt.«

»Verdammt, diese Firma wird nie wieder einen Auftrag von mir erhalten«, rief der Marquis wütend.

»Zufällig war es nicht die Firma, sondern einer Ihrer Angestellten. Und soviel ich weiß, wurde der Mann bald darauf gefeuert, weil er Schmiergelder angenommen hatte.«

Der Marquis grub seine Zähne in die Unterlippe, bevor er sagte:

»Das, was du mir von diesem Angestellten gesagt hast, finde ich genauso tadelnswert wie die Tatsache deines Hierseins. Wer bist du also, und wie ist dein Name?«

»Auf diese Frage brauche ich nicht zu antworten«, erwiderte der Junge mit unerwarteter Würde. »Alles, um was ich Sie bitte, ist, mich bis in die nächste Stadt, mitzunehmen, durch die Sie fahren, bevor Sie am Ziel sind. Dann können Sie vergessen, mich jemals gesehen zu haben.«

»Eine sehr seltsame Bitte«, erwiderte der Marquis. »Aber es ist doch wohl verständlich, daß ich etwas mehr über dich wissen möchte, bevor ich mich bereit erkläre, auf dein Ansinnen einzugehen, nicht wahr?«

»Ich sehe keinen Grund, weshalb Sie sich für mich interessieren sollten«, erklärte der Junge. »Wie gesagt, Sie hätten von meiner Anwesenheit nicht das geringste erfahren, wenn ich nicht befürchtet hätte, bei dem Luftmagel, der in dem Kasten herrschte, in Ohnmacht zu fallen.«

»Im Augenblick besteht dazu wohl kaum noch eine Gefahr«, versetzte der Marquis tadelnd. »Ich schlage also vor, du stehst endlich auf, setzt dich mir gegenüber auf die Sitzbank, damit ich dich besser sehen kann und erzählst mir die Wahrheit über dich!«

Der Junge ließ ein Lachen hören. Es klang hell und impulsiv.

»Ich bezweifle stark, daß Sie mir glauben werden«, sagte er dann. Und mit ernstem Unterton in der Stimme setzte er hinzu: »Aber lassen Sie mich Eurer Lordschaft versichern, daß es ungefährlicher für Sie wäre, wenn Sie, was mich betrifft, völlig ahnungslos und unwissend blieben. Vor allem den Grund, weshalb ich für eine kurze Strecke auf Ihre Gastfreundschaft angewiesen bin, sollten Sie am besten niemals erfahren.«

Die Art, wie er sprach, amüsierte den Marquis. Er verzog die Lippen zu einem leichten Lächeln und sagte:

»Ich nehme an, du bist in der Schule durchgebrannt. Laß dir von mir sagen, daß dies nicht nur höchst unklug ist, sondern auch äußerst gefährlich für dich werden könnte.«

»Das ist allein mein Problem.«

Bei diesen Worten veränderte der Junge seine Stellung, in der er verharrt hatte, seit der Marquis ihn aus seinem Versteck herausgeholt hatte.

Während er sich nun auf der Sitzbank niederließ, massierte er sein linkes Bein, das ihn offensichtlich zu schmerzen schien.

»Falls du Schmerzen hast, solltest du niemanden außer dir einen Vorwurf machen!« sagte der Marquis kühl.

»Ich weiß«, war die Antwort. »Jetzt, wo das Blut wieder richtig zirkuliert, habe ich das Gefühl, es steckten tausend Nadeln in meinem Bein. Und das ist verflixt unangenehm.«

Er verzog das Gesicht und stellte den Fuß auf die Kante der Sitzbank, auf der er saß. Dann zog er das Hosenbein hoch und begann den Fußknöchel zu reiben.

»Schmerzt ganz höllisch«, verkündete er. »Das Bein ist so taub, daß ich zuerst überhaupt kein Gefühl darin hatte.«

»Von mir kannst du kein Mitleid erwarten«, erwiderte der Marquis immer noch verärgert. »Je früher du wieder nach Hause zurückgehst, um so besser für dich.«

»Wieder nach Hause? Ich denke nicht daran!« Die Stimme des Jungen verriet Bestimmtheit. »Und weder Sie noch sonst jemand auf dieser Welt können mich dazu bewegen.«

Trotz des Mondscheins vermochte der Marquis das Gesicht des Jungen nicht ganz deutlich zu sehen. Doch aus dessen Stimme sprachen Entschlossenheit und ungebrochener Mut.

Eine gewisse Anerkennung konnte der Marquis seinem Gegenüber nicht versagen, denn die feingliedrigen Hände und die zierliche Silhouette ließen darauf schließen, daß der mutige Ausreißer noch sehr jung sein mußte.

»Nun hör mir mal zu!« sagte er in verändertem Tonfall. »Jeder Junge hat in seinem Leben einmal den Wunsch, seinen Eltern davonzulaufen und die Schule loszuwerden. Doch du hast keine Vorstellung von den Schwierigkeiten, die draußen in der Welt, außerhalb des behüteten Daseins im Schoß deiner Familie, auf dich warten. Kehr also um, und sei kein Dummkopf!«

»Nein!« stieß der Junge trotzig hervor.

»Wie lange, glaubst du, ohne Geld durchhalten zu können?« fragte der Marquis.

»Geld hab' ich eine ganze Menge dabei.«

»Das dir der erste Strolch, dem du begegnest, zweifellos abnehmen wird. Und obendrein wirst du ihm noch dankbar sein, wenn er nur dein Geld nimmt und dich nicht außerdem noch zusammenschlägt.«

»Sie wollen mir nur Angst einjagen«, sagte der Junge. »Aber nichts von dem, was Sie sagen, kann mich so erschrecken, als die Dinge, die mich zur Flucht getrieben haben.«

»Ich schlage vor, du wirst etwas konkreter. Was sind das für Dinge, die du da andeutest?« Der Marquis wartete. Als der Junge schwieg, drängte er: »Nun rede endlich!«

»Nein! Sie würden mir doch nicht glauben.«

»Woher willst du das wissen! Ich habe eine Reihe der seltsamsten Geschichten in meinem Leben gehört, und wenn ich den Eindruck hatte, daß sie stimmten, habe ich immer zu helfen versucht.«

»Heißt das, Sie bieten mir Ihre Hilfe an?«

»Ja.«

Schweigen.

Dann setzte der Junge langsam den Fuß auf den Boden der Kutsche und sagte:

»Ich würde Ihnen gern vertrauen, obwohl ich glaube, daß es ein Fehler sein könnte.«

»Für dich oder für mich?« fragte der Marquis und lächelte.

»Für uns beide. Hauptsächlich aber für Sie. Ich kann Ihnen versichern, daß Sie Ihre Großmut schon bald bereuen würden, wenn Sie sich meine Probleme aufhalsen ließen. Und weil das so ist, werde ich aussteigen, sobald Ihre Pferde anhalten, und auf Nimmerwiedersehen verschwinden.«

»Du glaubst nicht, wie zornig ich wäre, wenn du plötzlich verschwinden würdest, ohne mir erklärt zu haben, wer du bist und was dir zugestoßen ist«, erwiderte der Marquis. »Also, junger Freund, raus mit der Sprache! Du bezahlst jetzt fürs Mitnehmen, indem du mir deine Geschichte erzählst – egal, ob sie wahr oder falsch ist!«

Der Junge ließ unerwartet ein Kichern hören.

»Das klingt ja fast, als hielten Sie mich für Scheherazade!«

»Scheherazade war eine Frau!«
Erneutes Schweigen.
Dann sagte der Marquis:
»Wenn ich mich nicht sehr irre, habe ich wohl die Antwort auf das erste Rätsel bereits gefunden.«
Einen Moment lang hatte er das Gefühl, die zierliche Gestalt vor ihm wollte ihm widersprechen.
Dann kam die fragende Stimme seines Gegenübers:
»War es so leicht zu durchschauen? Ich dachte, wenn ich mir die Haare abschneide, würde niemand den Verdacht haben, daß ich kein Junge bin.«
»Wenn ich dich im Hellen gesehen hätte, wäre ich sehr wahrscheinlich schon früher drauf gekommen«, antwortete der Marquis. »Die Stimme eines Jungen in dem Alter, das du vorzutäuschen versuchst, ist dunkler und rauher.«
»Glauben Sie, außer Ihnen hätten das auch andere gemerkt?«
»Ganz gewiß.«
»Das glaube ich Ihnen nicht.«
»Und ich glaube, es wäre ein großer Fehler, es darauf ankommen zu lassen, ob ich recht habe oder nicht«, entgegenete der Marquis ruhig.
Es entstand eine Pause, ehe sie sagte:
»Jetzt haben Sie mir alles verdorben! Ich war so fest davon überzeugt, daß mir die Flucht gelingen und ich die Überfahrt nach Frankreich unentdeckt schaffen würde.«
»Frankreich?« fragte der Marquis erstaunt. »Dorthin wolltest du?«
Sie nickte.
»Ich habe eine Freundin in Paris. Sie ist Französin, und ich glaube, wenn ich es bis zu ihr schaffen könnte, würde sie mich ganz sicher verstecken, und niemand

wäre imstande, mich zu finden. So hartnäckig man auch nach mir sucht.«

»Und du hast wirklich geglaubt, du könntest allein von hier nach Frankreich reisen? Es ist nicht nur eine phantastische, sondern auch eine tollkühne Idee.«

Der Marquis betrachtete seinen blinden Passagier mit verstärkter Aufmerksamkeit. Nun, da er wußte, daß er es mit einem Mädchen zu tun hatte und nicht mit einem Jungen, konnte er auch bei der schwachen Beleuchtung erkennen, wie attraktiv es war.

Er hätte es eigentlich viel früher merken müssen. Eine so weiche und melodische Stimme konnte nur einem weiblichen Wesen gehören.

»Nun, da Sie über mich Bescheid wissen, wird Ihnen keine andere Wahl bleiben, als mir zu helfen«, sagte sie. »Werden Sie jemanden für mich finden, der mich nach Paris begleitet? Ich kann ihn für seine Dienste entlohnen.«

»Wieviel Geld hast du denn bei dir?« erkundigte sich der Marquis.

»Zwanzig Pfund in Scheinen und Münzen«, erwiderte sie. »Und dies hier...«

Sie langte in die Hosentasche und zog zwei Gegenstände hervor, die im Mondlicht regelrecht funkelten.

Der Marquis sah, daß es sich bei einem der beiden Stücke um eine halbmondförmige, diamantenbesetzte Brosche handelte. Das andere Schmuckstück war ein Kollier aus den gleichen Steinen, das zweifellos einen hohen Wert besaß.

»Das könnte ich verkaufen«, sagte das Mädchen, »und im Luxus leben. Eine Zeitlang wenigstens, glaube ich.«

»Und wer sollte dir das abkaufen?« fragte der Marquis. »Falls es dir gelingen sollte, den Kanal zu überqueren und das Festland zu erreichen?«

Sie antwortete nicht, doch er sah an ihrem Gesichtsausdruck, wie ihr Verstand arbeitete, wie sie angestrengt nachdachte. Er fuhr fort:

»Ein Juwelier, der deine Kleidung sieht, wird dich beschwindeln, und selbst wenn deine Freundin dich bei sich aufnimmt und dir Unterschlupf gewährt, bist du nur kurze Zeit in Sicherheit. Deine Eltern werden gewiß nach dir suchen und dich früher oder später ausfindig machen. Außerdem wirst du sehr schnell feststellen, daß du mit deinem Geld in Frankreich nicht weit kommen wirst.«

»Sie wollen mich doch nur verunsichern«, sagte das Mädchen vorwurfsvoll.

»Es würde die Dinge kolossal vereinfachen, wenn du offen zu mir wärst«, gab der Marquis zu bedenken. »Also, beginnen wir am Anfang! Wie heißt du?«

»Cara.«

»Ist das alles?«

»Nein, ich habe noch einen anderen Namen. Aber ich denke nicht daran, Ihnen diesen zu verraten!«

»Und warum nicht?«

»Das ist eine Fangfrage. Ich werde sie nicht beantworten.«

»Du mußt dir darüber klar sein, daß ich dir unmöglich helfen kann, wenn du mit deiner Geheimnistuerei noch weiter fortfährst.«

»Die einzige Hilfe, um die ich Sie bitte, ist, mich nach Frankreich zu bringen. Das ist doch sicher nicht zuviel verlangt, oder?«

»Was denkst du dir?« entgegnete der Marquis. »Erst versteckst du dich in meiner Kutsche, an einem Platz, den ich für völlig einbruchsicher hielt. Dann gibst du dich als Junge aus, obwohl du ein Mädchen bist, und schließlich weigerst du dich, mir deinen Familiennamen zu nennen. Was erwartest du von mir? Das einzige, was du in deinem Fall erwarten kannst, ist die Auslieferung an die Behörden, damit sie mit dir so verfahren, wie sie es für das Beste halten.«

Das Mädchen stieß einen leisen Entsetzensschrei aus.

Dann sagte sie:

»Sie wollen mir nur Angst einjagen. Dabei wissen Sie ganz genau, daß Sie etwas Derartiges nie übers Herz bringen würden.«

»Da wäre ich an deiner Stelle nicht so sicher.«

»Bin ich aber! Obwohl Sie den Ruf haben, herzlos und grausam zu sein.«

Der Marquis zuckte unwillkürlich zusammen.

»Was soll das denn heißen?«

»Alle Welt redet über Sie. Über den Hochwohlgeborenen Marquis von Broome.«

»Nun, wenn alle Welt über mich redet, ist es wohl fair, wenn ich über dich reden möchte. Also, sag mir deinen Namen!«

»Nein! Unter keinen Umständen!«

»Warum nicht?«

»Weil ich weiß, wenn ich das tue, werden Sie mir niemals helfen!«

Überrascht starrte der Marquis sie an.

»Ich habe nicht die geringste Ahnung, warum du das glaubst. Du kannst es mir ruhig abnehmen: Ich habe schon vielen Menschen geholfen, die in Not waren.«

»In diesem Ruf stehen Sie aber gar nicht!«

Eine Pause entstand, bevor der Marquis antwortete:

»Versuch jetzt nicht abzulenken! Wir sprechen von dir, nicht von mir!«

»Das möchten Sie jedenfalls. Aber ich bin damit nicht einverstanden. Und deshalb wäre es einfacher, wenn wir Sie zu unserem Gesprächsthema machten. Die meisten Männer sind nicht allzugut auf Sie zu sprechen. Aus Neid und Eifersucht. Aber ich denke, das ist Ihnen bekannt.«

Der Marquis lachte. »Ich glaube, ich träume«, sagte er dann. »Du und diese ganze lächerliche Situation können unmöglich Wirklichkeit sein! Übrigens, warum trägst du ein Eton-Jackett?«

»Es gehörte meinem Vetter, dem es zu klein geworden ist«, erwiderte Cara. »Ich hab's vom Speicher runtergeschmuggelt und so lange im Kleiderschrank versteckt, bis ich mich zur Flucht entschloß.«

»So, du hast deine Flucht also geplant. Wie lange schon?«

»Etwas über eine Woche. Ich hoffte immer noch, es würde sich ein besserer Weg als dieser finden lassen. Aber das stellte sich als Irrtum heraus. Es gab nur diesen Weg.«

»Du hast dir die Haare abgeschnitten, dich als Junge verkleidet und dich in meiner Reisekutsche versteckt. Woher wußtest du, daß es meine war?«

»Ich sah das Wappen auf der Tür. Aber ich habe mich nicht für diesen Wagen entschieden, weil er Ihnen gehört.«

»Aus welchem Grund dann?«

»Wegen des Sechsergespanns. Es verriet mir, daß sein Besitzer noch an diesem Abend die Stadt verlassen würde. Und genau das hatte ich auch vor.«

Die Erklärung war so einfach und vernünftig, daß der Marquis lächeln mußte.

»Du hättest also jede Kutsche genommen, von der du annehmen konntest, daß sie in dieser Nacht noch eine längere Strecke zurücklegen würde?«

»Ja – aber ich bin doch froh, daß es Ihre Kutsche war.«

»Warum?«

»Weil Sie ein guter Verlierer sind, gleichgültig, was man sonst von Ihnen sagen mag. Ja, Sie sind fair, und ich weiß, Sie würden mich nie den Behörden ausliefern. Das habe ich auch vorhin gedacht, als Sie mir mit Ihrer Warnung vor Straßenräubern und Wegelagerern Angst einjagen wollten. Nein, Sie werden mich nicht im Stich lassen!«

Der Marquis mußte zugeben, daß ihre Überlegungen Hand und Fuß hatten, und nach kurzer Pause sagte er:

»Das ist ja alles gut und schön, aber was fange ich mit dir an?«

»Das habe ich Ihnen doch schon gesagt.«

»Bist du denn wenigstens bereit, mir den Namen deiner Freundin in Frankreich zu nennen?«

»Nein!«

»Weshalb nicht?«

»Weil meine Verfolger Sie später zwingen könnten, ihnen mein Versteck zu verraten.«

»Du glaubst also, man könnte mich verhören?«

»Nicht unbedingt. Aber wissen kann man es nicht. Es wird ganz bestimmt eine gewaltige Aufregung in der Öffentlichkeit geben, und das beste wäre, wenn Sie nicht zu tief in die Geschichte verwickelt würden.«

»Das bin ich bereits«, sagte der Marquis. »Und wenn die Sache in die Öffentlichkeit kommen würde, werde ich eben leugnen, dich jemals gesehen und in meiner Kutsche mitgenommen zu haben.«

»Sie ahnen ja nicht, wie gefährlich dieser Feind ist.«

»Es ist dein Feind, nicht der meine.«

Cara lachte leise auf.

»Das denken Sie!«

»Was willst du damit sagen?«

»Nichts Bestimmtes! Aber wenige Männer haben so viele Feinde wie Sie. Sie sind neidisch auf Ihren Reichtum und auf Ihre persönlichen Erfolge – vor allem bei den Frauen.«

Der Marquis richtete sich kerzengerade auf.

»Wie redest du mit mir?« sagte er aufgebracht. »Ich muß mich wohl in dir getäuscht haben, als ich annahm, du wärest wohlerzogen und aus gutem Haus.«

Wieder lachte Cara. Sie war ganz offensichtlich weder beschämt noch zerknirscht.

»Das soll also heißen, daß Sie die Wahrheit nicht vertragen können. Wenn ich jetzt im Ballkleid vor Ihnen stände, würde ich Ihnen vielleicht hinter meinem Fächer schöne Augen machen und Ihnen schmeicheln, wie Sie das von den Damen erwarten. Aber da ich mich als Junge verkleidet habe, kann ich sagen, was ich denke.«

»Wenn ich dich wie einen Jungen behandeln würde, hätte ich dich längst übers Knie gelegt und dir gehörig das Hinterteil versohlt«, entgegnete der Marquis entrüstet.

»Ich habe immer schon gewußt, daß brutale Gewalt die letzte Zuflucht der Narren ist!«. gab Cara schnippisch zurück.

Einen Moment lang sah der Marquis sie verblüfft an. Dann lehnte er sich in das Polster zurück und lachte.

»Du bist unverbesserlich«, sagte er. »Niemand hat jemals so mit mir geredet.«

»Dann ist dies zweifellos eine sehr heilsame Erfahrung für Sie«, gab Cara schlagfertig zurück. »Obwohl Sie mich niemals wiedersehen, werden Sie sich vielleicht doch noch hier und da an mich erinnern. An die Worte, die ich gesagt habe. Vielleicht werden Sie sich dann bewußt werden, daß es Menschen gibt, die nur darauf warten, Ihnen das Messer in den Rücken zu jagen, wenn Sie am wenigsten damit rechnen.«

Der Marquis lachte immer noch. Er schien sich nicht dagegen wehren zu können.

»Falls es geschehen sollte, werde ich mich an das, was du gesagt hast, erinnern. Allerdings wird es zu dem Zeitpunkt bereits zu spät sein, nicht wahr?«

»Das ist dann allein Ihre Schuld – nachdem ich Sie jetzt gewarnt habe«, sagte Cara spitz.

2

Nachdem der Marquis mit Agamemnon bis zum Ende des Parks galoppiert war, waren er und das Tier völlig außer Atem.

Agamemnon schien jedoch begriffen zu haben, daß er in diesem Reiter seinen Meister gefunden hatte. Obwohl er keinen Trick, den er kannte, ausgelassen hatte, saß der Marquis immer noch fest im Sattel.

Beide, Reiter und Pferd, hatten sich von jenem Augenblick an, da sie die Ställe verließen, einen erbitterten Kampf geliefert und so etwas wie Respekt voreinander gewonnen.

Immer noch bewegte sich Agamemnon mit stolz erhobenem Kopf und einer Würde, die sich der eigenen Bedeutung bewußt war. Doch er folgte der Richtung, in die der Marquis ihn lenkte.

Voller Genugtuung dachte dieser, daß er ein Tier besaß, das seiner wert war, weil es an seinen Mut und seine Reitkünste höchste Anforderungen stellte.

Jeder Ritt mit dem prachtvollen Hengst würde auch in Zukunft ein stolzes Kräftemessen sein, geprägt von der Freude am Kampf und zugleich von gegenseitigem Respekt.

Am Rande des Parks lag ein ebenes Stück Grasland, auf dem der Marquis einige seiner Pferde sah, die, von Stallburschen geritten, um die Wette galoppierten.

Er schaute ihnen eine Zeitlang zu und ritt dann zu dem Trainer hinüber, der, eine Stoppuhr in der Hand, am Rande der Bahn stand.

Der Marquis zügelte neben ihm das Pferd. Er sprach den Mann jedoch erst an, als dieser von der Uhr aufblickte und ihm sein Gesicht zuwandte.

»Well, Johnson, wie ist Ihr Eindruck?« fragte der Marquis.

Ted Johnson, der seit sechs Jahren im Dienst des Marquis stand und als einer der erfahrensten und erfolgreichsten Trainer Englands galt, lächelte.

»Fliegenfänger, Mylord, wird jedes Rennen gewinnen, in dem Eure Lordschaft ihn mitlaufen lassen.«

»Sind Sie da ganz sicher?«

»Ganz sicher, M'lord!«

»Und Rollo?«

»Unter gleichen Bedingungen werden wir ihn ohne weiteres schlagen«, erwiderte Ted Johnson voller Genugtuung.

Die Augen des Marquis waren auf die Tiere gerichtet, die nun, da sie ihren Testgalopp beendet hatten, gemächlich auf ihn zutrabten.

Es waren ausschließlich Rassepferde.

Doch eins von ihnen ragte deutlich aus dem Rudel heraus. Ein Pferdekenner bemerkte es auf den ersten Blick.

Es war Fliegenfänger.

Der Marquis hatte ihn bisher nur auf ein einziges Rennen geschickt und danach nicht mehr.

Nach diesem Rennen hatte er gewußt, daß Fliegenfänger ein Pferd war, von dem jeder Gestütsbesitzer träumte. Ein Pferd, das unschlagbar sein würde in jedem Rennen, an dem Tiere seines Alters teilnahmen.

Im Jahr zuvor hatte der Marquis ein erstklassiges

Tier ins Derby geschickt, das schon zu Beginn der Saison die besten Kritiken erhielt und auch für ihn als Sieger feststand.

Doch dann erschien in letzter Minute ein Rivale auf dem Plan: Grüner Drache mit den Farben des Earl von Matlock.

Natürlich hätte der Marquis, der zumindest ein durch und durch fairer Sportsmann war, die Niederlage seines Pferdes durch Grüner Drache hingenommen, wenn ihm die Art und Weise, wie das Tier des Earls gelaufen war, nicht verdächtig erschienen wäre.

Sein Jockey hatte ihm erklärt, daß er auf eine Weise abgedrängt und behindert worden sei, die sich mit den Rennregeln nicht in Einklang bringen ließe.

Aber der Marquis hatte die Sache auf sich beruhen lassen. In seinen Augen war es zwecklos, beim Earl Beschwerde gegen das Verhalten seines Jockeys einzulegen. Der Earl mochte ihn nicht. Es war schon mehrmals zwischen ihnen zu Differenzen und Auseinandersetzungen gekommen, und die Rivalität, die in sachlichen Punkten zwischen ihnen bestand, hatte sich längst auf den persönlichen Bereich ausgeweitet.

Um es in einfachen Worten zu sagen: Der Marquis verachtete den Earl, und umgekehrt wirkte er auf diesen wie ein rotes Tuch. Ja, noch mehr, der Earl haßte ihn.

Obwohl er keinerlei Beweise für seinen Verdacht besaß, war der Marquis fest davon überzeugt, daß der Jockey auf Befehl seines Herrn gehandelt hatte. Gewiß hatte der Earl seinen Mann angewiesen, alles zu tun, um zu verhindern, daß sich eins der Tiere seines Rivalen den Sieg holte.

Aus diesem Grund hatte der Marquis, nachdem er Fliegenfängers hervorragende Anlagen erkannte, das

Pferd aus seinen Ställen in Epsom fortschaffen und mit einer Anzahl anderer Tiere nach Broome bringen lassen.

Fliegenfänger sollte aus dem Blickfeld der Rennöffentlichkeit verschwinden. Erst in letzter Minute würde der Marquis seinen Trumpf ausspielen – so wie es der Earl im vergangenen Jahr mit Grüner Drache gemacht hatte.

Es gab keinen Zweifel, daß Red Rollo ein außergewöhnliches Pferd war, aber es war das einzige Tier des Earls, das für den Stall des Marquis eine Bedrohung darstellen konnte.

Da der Marquis nicht aus der Reserve gegangen war, wurden auf Red Rollo inzwischen hohe Wetten abgeschlossen, deren Kurse natürlich gewaltig in den Keller gehen würden, wenn plötzlich Fliegenfänger das Rennen machte.

»Sind Sie zufrieden, Johnson?« fragte der Marquis nun. »Er ist offensichtlich in hervorragender Kondition.«

Während er sprach, beobachtete er Fliegenfänger, der in diesem Augenblick vorbeitrabte. Das Grinsen auf dem Gesicht seines Reiters ließ den Marquis erkennen, daß das Pferd dessen Erwartungen erfüllt hatte.

Die übrigen Tiere wurden von Stallburschen geritten, doch Bateson, der elegante und berühmte Jockey, zog Fliegenfänger jetzt um die Hand und näherte sich dem Marquis.

»Guten Morgen, M'lord.«

»Guten Morgen Bateson«, erwiderte der Marquis. »Wie ist Ihr Eindruck?«

»Müssen Eure Lordschaft das noch fragen?« antwortete Bateson. »Fliegenfänger ist das ungewöhnlichste Pferd, das zu reiten ich jemals die Ehre hatte.«

»Ich weiß, daß dies aus Ihrem Mund ein großes Lob ist, Bateson.«

»Halten Sie ihn so lange wie möglich versteckt, M'lord. Denn sobald ihn einer zu Gesicht bekommt, wird Fliegenfänger sofort das Pferd mit den höchsten Gewinnchancen sein.«

Der Marquis lächelte.

Er hatte noch nie ein Hehl daraus gemacht, daß er nie auf ein Pferd aus dem eigenen Stall wettete.

Ihm genügte es, Sieger zu sein. Er verabscheute den Typ von Gestütsbesitzer, der sich nur noch dafür interessiert, wieviel ein Pferd ihm an harter Währung einbringt.

Jetzt nickte er Bateson freundlich zu. Dieser hob grüßend die Hand an die Mütze und folgte den anderen, die den Ställen zustrebten.

Der Marquis wendete Agamemnon, und als er wieder neben Ted Johnson anhielt, sagte der Trainer:

»Es wird mir eine große Genugtuung sein, Seine Lordschaft zu schlagen, nachdem er uns im vergangenen Jahr auf eine so schäbige Art und Weise ausgetrickst hat.«

Der Marquis antwortete nicht, und Ted Johnson fuhr fort: »Doch zu der Zeit wußte ich noch nicht, daß Harwood, der ebenfalls bei dem Rennen mitritt, zwei ordentliche Striemen davontrug, als der Jockey des Earls ihm die Peitsche über den Rücken zog.«

»Wollen Sie damit sagen, daß man ihn ganz bewußt und vorsätzlich mit der Peitsche traktiert hat?«

»Ja, M'lord«, erwiderte Johnson. »Aber Harwood ist ein ruhiger, bedächtiger Mann. Ihm lag nichts daran, dem Earl eine Klage anzuhängen, deren Berechtigung er vor der Rennleitung nur schwer hätte beweisen können.«

»Etwas so Abgefeimtes ist mir noch nie untergekommen!« rief der Marquis empört. »Wenn Sie mir das früher gesagt hätten...«

Er hielt inne, schüttelte den Kopf und fuhr fort:

»Nein, Johnson, ich glaube, Harwood hat richtig gehandelt. Es ist immer sehr schwierig, Regelverstöße, die während eines Rennens passieren, stichhaltig nachzuweisen. Doch Sie und ich wissen, daß Harwood ein vertrauenswürdiger Mann ist und in einer solchen Angelegenheit niemals die Unwahrheit sagen würde.«

»Genau, M'lord. Und deshalb behielt er sein Wissen damals auch für sich. Doch mir sagte er einige Zeit später, daß er in diesem Jahr am Derby nicht teilnehmen werde. Auch dann nicht, wenn Eure Lordschaft ihn persönlich darum bitten würden.«

»Warum denn nicht?« fragte der Marquis scharf.

»Weil es da einige Geschichten von Jockeys gibt, die den Earl von Matlock geschlagen haben. Sie erlitten danach schwere Unfälle, wurden nachts überfallen, und einen soll man sogar eines Morgens mehr tot als lebendig aus einem Wassergraben gezogen haben.«

Der Marquis starrte seinen Trainer ungläubig an.

»Ist das die Wahrheit, Johnson?«

»Es ist das, was Harwood mir erzählte, M'lord. Wir beide wissen, ein wie überzeugter Christ er ist. Ein Mann, der Sonntag für Sonntag in die Kirche geht, der für seine Bescheidenheit bekannt ist, und keineswegs als jemand gilt, der Lügengeschichten in die Welt setzt.«

»Das ist richtig«, gab der Marquis zu. »Aber ich kann kaum glauben, daß der Earl von Matlock zu solch verabscheuungswürdigen Handlungen fähig sein sollte, die zudem noch gegen alle Regeln des Turfs verstoßen.«

Ein kurzes Schweigen entstand, bevor Ted Johnson sagte:

»Ich habe gehört, M'lord – aber dabei handelt es sich um den üblichen Klatsch auf den Rennplätzen –, daß dem Earl das Wasser bis zum Hals stehen und er kaum in der Lage sein soll, seine Schulden zu bezahlen.«

Der Marquis nickte, als wollte er damit ausdrücken, daß er etwas Ähnliches erwartet habe.

Dann schien ihm der Gedanke zu kommen, daß es nicht gut wäre, eine solche Unterhaltung noch länger fortzusetzen. Er berührte Agamemnon mit den Sporen, und sofort begann das Tier unruhig hin und her zu tänzeln.

Als es dann auch noch bockte, war eine Fortsetzung des Gesprächs unmöglich, und der Marquis ritt nach kurzem Gruß davon.

Er kehrte noch nicht zum Haus zurück, sondern trieb Agamemnon in einen scharfen Galopp, der sowohl das Tier als auch den Reiter zufriedenstellte. Etwa eine Stunde ging es querfeldein bis zum westlichen Teil des Parks, bevor der Marquis das Tier in eine gemächlichere Gangart fallen ließ und den Heimritt antrat.

Die ganze Zeit über beschäftigte er sich mit dem Earl von Matlock, der als sein erklärter Feind galt.

Er überlegte, wie er verhindern könnte, daß dieser Mann einen Skandal heraufbeschwor, der die gesamte Rennwelt in Mißkredit brachte.

Nein, dazu durfte es nicht kommen! Als Mitglied des Jockey Clubs war es die Pflicht des Marquis, alles in seiner Macht Stehende zu tun, um einen derartigen Schaden von der Vereinigung abzuwenden.

Erst als er die Brücke überquerte, die sich in elegantem Schwung über den Weiher spannte, erinnerte er sich daran, daß noch ein weiteres Problem auf ihn wartete: Cara.

Der harte Ausdruck auf seinen Zügen verschwand, als er an das plötzliche Auftauchen des als Junge verkleideten Mädchens in seiner Kutsche dachte.

Ein amüsiertes Lächeln erschien auf seinen Lippen. Mit welcher Hartnäckigkeit hatte sie sich geweigert, ihm ihre Identität oder konkrete Gründe für ihre Flucht aus dem elterlichen Haus zu verraten.

Sie hatte ihm gegenüber gesessen, jede Antwort auf seine Frage verweigert und sich mit ihm in ein Wortgefecht eingelassen, das er höchst originell, wenn auch bisweilen sehr keck fand. Plötzlich hatte sie dann gesagt:

»Mir ist ohne Mantel ziemlich kalt. Wenn Sie nichts dagegen haben, würde ich gern ein Stück von Ihrer Pelzdecke mithaben. Dazu müßte ich mich allerdings neben Sie setzen.«

Sie wartete seine Zustimmung nicht erst ab, erhob sich von der Sitzbank und nahm neben dem Marquis Platz. Sie zog die Pelzdecke, die seine Knie bedeckte, zu sich heran und hüllte sich bis zum Kinn darin ein.

Der Marquis glaubte zu spüren, wie sie zitterte.

»Ich möchte Ihre Freundlichkeit keineswegs ausnutzen«, sagte sie, »aber wenn Sie vorhaben, mir bei der Reise nach Frankreich behilflich zu sein, werde ich mir von Ihnen so etwas wie einen Mantel borgen müssen. Ich fürchte, daß ich sonst unterwegs erfriere.«

»Wenn du frierst, ist es deine eigene Schuld«, sagte der Marquis wenig mitfühlend. »Du hättest dir doch sagen müssen, daß diese Jahreszeit sich zu einer Flucht überhaupt nicht eignet.«

»Das habe ich mir natürlich auch gesagt. Aber lieber setze ich mich den Schneestürmen des Himalaya oder dem Eis der Antarktis aus, als das Schicksal in Kauf zu nehmen, das mich in London erwartet!«

Der Marquis blickte sie fragend an. Er hatte das Gefühl, sie wollte ihm nun etwas mehr über sich erzählen.

Doch da sie nun dicht neben ihm saß und er das Mondlicht, das durch das Fenster fiel, verdeckte, lag ihr Gesicht im Schatten. Nur undeutlich sah er den etwas helleren Fleck ihres blonden Haarschopfes.

Cara kicherte leise.

»Ich weiß, was Sie von mir erfahren möchten«, sagte sie dann. »Aber Sie können es ruhig vergessen. Die Frage ist nur, ob Sie großzügig genug sind und mir einen Begleiter für die Reise nach Frankreich beschaffen, oder ob Sie mich in der nächsten Stadt aussteigen lassen, damit ich es auf eigene Faust versuche.«

»Ich kenne eine bessere Alternative«, sagte der Marquis. »Du kehrst dorthin zurück, woher du kommst. So unangenehm die Umstände auch sein mögen, die dich erwarten, schlimmer als in Frankreich können sie nicht sein, glaub mir das. Aller Wahrscheinlichkeit nach kommst du überhaupt nicht bis dorthin. In der nächsten Ortschaft wirst du schon das Opfer irgendwelcher Bauernlümmel sein, die ganz versessen darauf sind, ihr Mütchen an dir zu kühlen.«

»Sprechen wir von etwas Interessanterem!« wich Cara aus.

»Oder ziehen Sie es vor, während der Reise zu schweigen?«

»Das ist eine gute Idee«, erwiderte der Marquis.

»Papa sagte immer, plappernde Frauen seien nur schwer zu ertragen, aber es könne die Hölle werden, wenn das Rattern und Knarren von Wagenrädern hinzukomme. Seltsamerweise würde dieses Geräusch sie nämlich endgültig enthemmen und ihre Zunge völlig lösen.«

Der Marquis lächelte zynisch. Er dachte daran, daß eine solche Situation manchen der Damen, die er kannte, nicht nur die Zunge löste, sondern sie in einer Weise enthemmte, über die er mit Cara unmöglich reden konnte.

Eine kurze Pause entstand, bevor sie sagte:

»Jetzt, wo mir wieder warm wird, überfällt mich plötzlich eine schreckliche Müdigkeit.«

»Dann würde ich an deiner Stelle ein wenig schlafen!«

»Ja, das mache ich«, antwortete sie. »Falls Sie mir versprechen, die Gelegenheit nicht dazu zu benutzen, mich in den Graben zu werfen oder in eine Kutsche nach London zu stecken.«

»Kannst du dir tatsächlich vorstellen, daß ich so etwas tun würde?« fragte der Marquis vorwurfsvoll.

Er spürte die Bewegung ihres Körpers, als sie den Kopf schüttelte.

»Nein, Sie würden das für unfair halten«, erwiderte sie. »Ich verlasse mich also darauf, daß Sie mich erst aufwecken, wenn wir Broome erreicht haben, oder wenn Sie meinen, es wäre Zeit, mich loszuwerden...«

Ihre Stimme war während der letzten Worte immer leiser geworden, und der Marquis stellte fest, daß sie einzuschlafen begann.

Ihr Kopf war auf die Kissen in der Ecke der Kutsche gesunken. Vorsichtig hob er ihre Beine an und legte sie auf die Bank, auf der sie saßen.

Sie rollte sich zusammen wie eine Katze und fiel gleich darauf in einen ohnmachtsähnlichen Schlaf.

Er streckte die Hand aus und zog die verrutschte Pelzdecke über sie. Dann lehnte er sich in die Polster zurück und nahm sich vor, ebenfalls etwas zu schlafen.

Aber es gelang ihm nicht. Zu viele Fragen gingen ihm durch den Kopf.

Wer mochte sie sein?

Und was sollte er nur mit ihr anfangen?

Kein Zweifel, daß sie von adliger Herkunft war und eine vorzügliche Bildung genossen hatte. Außerdem kam ihm der Gedanke, daß sie sich als Schönheit herausstellen könnte, wenn er sie bei ausreichender Beleuchtung sah.

Eins jedoch stand fest: Er mußte, was sie betraf, zu einem Entschluß gekommen sein, bevor sie Broome erreichten. Denn in der Beau monde würde es sich wie ein Lauffeuer ausbreiten, daß er ein als Jungen verkleidetes junges Mädchen aus London mit nach Hause gebracht hatte!

»Ich wünsche auf keinen Fall einen Skandal!« entschied er.

Es war tatsächlich das Beste, wenn er auf Caras Bitte einging und sie in dem kleinen Marktflecken absetzte, durch den sie kommen würden, bevor die Kutsche eine halbe Stunde später das Torhaus seines Herrensitzes passierte.

Im nächsten Moment sagte er sich, daß dies völlig unmöglich sei.

Wenn Cara sich auch der Gefahren nicht bewußt war, die auf ein junges Mädchen warteten, das, als Junge verkleidet, allein durch das Land reiste, der Marquis war es.

Seit langem schon versuchte er die Aufmerksamkeit des Kabinetts auf die Unruhen zu lenken, die immer häufiger unter der Landbevölkerung aufflammten. Sie hatten die gleichen Ursachen wie die Unruhen in den Städten, äußerten sich dort aber in gewalttätigen Protesten und einem bedrohlichen Anstieg der Kriminalität.

Dreiviertel der Regierungsmitglieder bestanden aus Peers. Trotz der Nachrichten, die sie ständig erreichten, und trotz der Warnungen des Marquis, waren sie entschlossen, vor den ständig wachsenden Anzeichen einer bevorstehenden sozialen Revolution die Augen zu verschließen.

Freie Meinungsäußerung wurde seit den napoleonischen Kriegen weithin unterdrückt, und diese Unterdrückung hatte sich in letzter Zeit bis an die Grenze des Erträglichen verstärkt.

Von den fünfzehnhundert Männern, die aus Protest gegen die gestiegenen Brotpreise auf die Straße gegangen waren, hatte man vierundzwanzig zum Tode verurteilt.

Andere, die gegen niedrige Löhne und gegen unwürdige Arbeits- und Lebensbedingungen demonstrierten, waren eingekerkert, deportiert oder sogar gehängt worden.

Der Marquis war davon überzeugt, daß es in absehbarer Zukunft weitere Probleme geben würde, und deshalb brachte er es einfach nicht übers Herz, ein junges Mädchen, das von dieser Situation in Stadt und Land keine Ahnung hatte, einfach seinem Schicksal zu überlassen.

Das Geld, das sie besaß und das sie ihrer Meinung nach völlig unabhängig machte, würde sie verlieren, sobald der erstbeste hungrige Arbeiter es bei ihr vermutete. Und falls sie versuchte, sich gegen ihn zur Wehr zu setzen, war ihr Leben keinen Penny mehr wert. Ganz zu schweigen von dem, was einem jungen Mädchen sonst noch zustoßen konnte und was dem Marquis die Haare zu Berge stehen ließ, wenn er nur daran dachte.

»Das Beste ist, ich verhelfe ihr zu der Reise nach Frankreich«, entschied der Marquis. »Dann ist sie hoffentlich in Sicherheit, und ich bin nicht mehr verantwortlich für sie.«

Doch auch diese Überlegung beruhigte sein Gewissen keineswegs. Er konnte auch dann seine Hände noch nicht in Unschuld waschen. Schließlich ging es um eine junge Frau, die ganz offensichtlich eine Lady war und sich in irgendeiner Gefahr zu befinden schien.

Immer noch unentschieden, stellte er plötzlich fest, daß die Pferde das Torhaus erreicht hatten und in die lange Eichenallee einbogen, die zum Haus führte.

Er streckte die Hand aus, faßte Cara bei der Schulter und rüttelte sie wach.

»Was ist denn?« fragte sie und setzte sich auf.

»Wach auf«, sagte der Marquis. »Wir sind da. Ich nehme an, daß ich dir für diese Nacht – wenn auch widerstrebend – meine Gastfreundschaft anbieten muß.«

Cara gähnte, und der Marquis stellte fest, daß er sie aus dem tiefsten Schlaf herausgerissen hatte.

»Für diese Nacht?« fragte sie und schien plötzlich hellwach zu sein. »Und morgen schicken Sie mich mit einem Begleiter nach Frankreich?«

»Ich werde es mir überlegen«, erwiderte der Marquis. »Aber im Augenblick wäre ich froh, wenn meine Dienerschaft dich in deiner höchst anrüchigen Verkleidung nicht sehen würde.«

Bei diesen Worten zog er seinen pelzgefütterten Umhang von den Schultern und sagte:

»Du legst das hier am besten um. Und sorge um Gottes willen dafür, daß meine Wirtschafterin deine Hosen nicht sieht, wenn ich dich ihr übergebe.«

Cara lachte.

»Die Hosen jagen Ihnen wohl einen Schrecken ein, wie!«

»Ich bin überrascht und entsetzt zugleich, daß eine junge Dame in deinem Alter sich derart unschicklich verhält.«

»Unsinn«, gab Cara zurück. »Wenn Sie nicht entsetzt sind über die Partys, die Sie für Ihre Freunde veranstalten und von denen es heißt, daß es dort ziemlich wüst zugeht, können Sie auch über mich nicht entsetzt sein.«

Der Marquis war drauf und dran, zu fragen, was sie über seine Partys gehört habe, als er feststellte, daß die Kutsche bis zum Eingang nur noch wenige Schritte zurückzulegen hatte. In dem geöffneten Tor, durch das eine breite Lichtbahn über die Steinstufen fiel, standen die Diener zu seinem Empfang bereit.

»Leg das jetzt um!« befahl er scharf.

Es klang wie ein Kommando auf dem Kasernenhof, bei dem jeder Soldat zusammengezuckt wäre. Aber Cara kicherte nur.

Gleichzeitig wurde sich der Marquis bewußt, daß er dem Mädchen den kostbaren Umhang hastig um die Schultern legte.

Wie er schon vorhin bemerkt hatte, war sie sehr schlank und zierlich.

Inzwischen hielt die Kutsche vor der Freitreppe. Er half Cara aus der Kutsche und führte sie die Stufen hinauf in die hellerleuchtete Halle.

Aufatmend stellte er fest, daß sie das Cape eng um den Körper gezogen hatte. Es reichte fast bis auf den Fußboden, und sie sah ganz beachtlich darin aus.

»Ich bringe einen unerwarteten Gast mit, Newman«, sagte er zu dem Butler. »Bestellen Sie Mrs. Peel, sie möchte sobald wie möglich zu mir kommen.«

»Sehr wohl, M'lord«, antwortete der Butler.

Sein ausdrucksloses Gesicht verriet keinerlei Erstaunen darüber, daß er die Wirtschafterin, die fast sechzig war, aus dem Schlaf holen sollte, weil es Seiner Lordschaft beliebte, ihr um zwei Uhr morgens seine Anweisungen zu geben.

Ohne ein weiteres Wort begab sich der Marquis in die Bibliothek, wo bei seiner Ankunft zu später Stunde immer einige Sandwiches für ihn bereit standen.

Auch eine heiße Suppe würde jeden Augenblick gebracht werden. Der Chefkoch ließ es sich in diesen Fällen nicht nehmen, sie persönlich zuzubereiten.

Erst nachdem der Diener Caras Teller mit Suppe gefüllt und der Marquis einen langen Schluck aus einem silbernen Becher genommen hatte, sagte er zu Cara:

»Hast du noch einen Wunsch?«

Es war das erste Mal nach dem Betreten des Hauses, daß er ein Wort an Cara richtete. Und es war das erste Mal, daß er ihr ins Gesicht blickte. Vielleicht hatte er diesen Augenblick bewußt hinausgezögert – aus Angst vor dem Anblick, der sich ihm bieten könnte.

Nun, da sie ihm gegenüber vor dem prasselnden Kaminfeuer saß, das pelzgefütterte Cape um sich geschlungen, stellte er fest, daß sie völlig anders aussah, als er erwartet hatte.

Durch ihr blondes Haar hatte er auf blaue Augen und das typische Aussehen einer Engländerin getippt.

Statt dessen hatte Cara ein herzförmiges Gesicht, und ihre Augen waren nicht blau, sondern smaragdgrün und standen ein wenig schräg unter der klaren Stirn, was ihr einen spitzbübischen Ausdruck verlieh, der – wie der Marquis dachte – genau zu der Art paßte, wie sie mit ihm gesprochen hatte.

Ihre Wangen zeigten Grübchen, und ihre Nase war klein, gerade und edel geformt.

Während der Marquis sie mit jenem durchdringenden Blick musterte, der bei allen, die ihn kannte, gefürchtet war, blinzelte Cara ihm zu. Die beiden Grübchen vertieften sich, als sie lächelnd sagte:

»Wie sehe ich aus? Besser oder schlechter, als Sie gedacht haben?«

»Ich versuche noch, mir darüber klarzuwerden«, antwortete der Marquis. »Von Ihrem Standpunkt aus jedenfalls schlechter. So wie Sie jetzt aussehen, halte ich es für unmöglich, daß Sie nach Frankreich reisen.«

»Was soll das heißen?« erkundigte sie sich.

»Sie sind zu jung, Sie sind zu attraktiv, und Sie entstammen zweifellos einer der ersten Familien des Landes«, erwiderte der Marquis.

»Wie können Sie so etwas sagen?« rief Cara. »Sie wissen doch gar nichts von mir. Ich bin nichts anderes als eine lästige Fremde, die sich in Ihre Privatsphäre hineingedrängt hat, weil sie von Ihnen ein Stück mitgenommen werden wollte. Ich habe nicht den leisesten Wunsch, in eine vornehme Lady verwandelt zu werden – die ich nicht bin!«

»Das zu beurteilen, überlassen Sie bitte mir!« erwiderte der Marquis. »Selbst wenn Sie keine vornehme Lady wären, sind Sie immer noch sehr jung. In einem Alter also, in dem Sie, ob es Ihnen paßt oder nicht, unbedingt eine Anstandsdame brauchen.«

Cara nahm etwas von ihrer Suppe, bevor sie sagte:

»Wie schrecklich Sie sind! Jetzt bin ich gezwungen, Ihnen genauso davonzulaufen, wie ich meinem...«

Sie brach ab, so als fürchtete sie, sich mit dem, was sie hatte sagen wollen, zu verraten.

Dann, als sie feststellte, wie gebannt ihr der Marquis gelauscht hatte, weil er hoffte, doch noch etwas Genaueres über sie zu erfahren, sagte sie:

»Da Sie die Freundlichkeit haben, mir für die Nacht ein Bett anzubieten, würde ich von diesem Angebot jetzt gern Gebrauch machen. Ich bin so müde, daß es mir schwerfällt, mich unter Kontrolle zu halten. Ich fürchte, ich könnte doch noch ins Schwatzen kommen, und das wäre etwas, was ich morgen früh aufs höchste bedauern würde.«

»Ich erlaube Ihnen, daß Sie sich zurückziehen«, erwiderte der Marquis. »Aber nur unter einer Bedingung.«

»Und die wäre?«

»Daß Sie mir Ihr heiliges Ehrenwort geben und einen Eid auf die Bibel schwören oder meinetwegen auf sonst etwas, was Ihnen heilig ist, daß Sie mein Haus nicht eher verlassen, bis wir zusammen überlegt haben, was das beste für Sie ist.«

Sekundenlanges Schweigen.

Dann sagte Cara:

»Und wenn ich mich weigere, das zu versprechen?«

»Dann sehe ich mich bedauerlicherweise dazu genötigt, Sie für die Nacht in Ihrem Zimmer einschließen zu lassen, oder aber der Wirtschafterin aufzutragen, daß sie eins der Hausmädchen abstellt, das bei Ihnen schläft, um jede Möglichkeit zur Flucht zu unterbinden.«

Cara hatte sich kerzengerade aufgerichtet. Ihre Augen sprühten Funken.

»Wie können Sie es wagen, mir einen derartigen Vorschlag zu machen. Sie scheinen sich in einer Weise für mich verantwortlich zu fühlen, daß es mir beinahe schon wie eine Zudringlichkeit vorkommt.«

Der Marquis lachte laut auf.

»Jetzt erinnern Sie mich eher an eine kleine Tigerkatze als an eine junge Lady«, sagte er dann. »Und Tigerkatzen muß man nachts nun mal in einen Käfig sperren, nicht wahr?«

»Vielleicht habe ich einen grundlegenden Fehler gemacht, als ich mir gerade Ihren Wagen aussuchte, um aus London herauszukommen«, sagte Cara. »Zuerst hatte ich vor, mit einem jungen Galan zu reisen, der aber nur vier Pferde besaß. Hätte ich das doch getan! Da er dem Wein des Prinzen sicherlich eifrig zugesprochen hat, wäre es für mich ein leichtes gewesen, ihm zu entwischen, ohne daß er etwas bemerkt hätte.«

Der Marquis dachte, daß sie noch zu unschuldig war, um zu ahnen, in welch unangenehme Lage sie mit einem halbbetrunkenen Galan hätte geraten können. Doch es gab keinen Grund, ihr das zu sagen, und deshalb erwiderte er nur:

»Meine Wirtschafterin wird jeden Moment hier sein. Entscheiden Sie sich also: Wünschen Sie, daß eins der Hausmädchen bei Ihnen schläft, oder sind Sie bereit, mir Ihr Wort zu geben und nicht davonzulaufen, bevor wir miteinander gesprochen haben?«

»Woher wissen Sie, daß ich ein Wort halte, das ich gebe?« fragte Cara.

»Ich weiß es, so wie Sie wissen, daß ich fair zu Ihnen bin.«

Die Worte des Marquis waren kaum verklungen, als die Tür geöffnet wurde. Als ob das Geräusch Cara gedrängt hätte, einen Entschluß zu fassen, sagte sie:

»Gut, ich gebe Ihnen mein Wort!«

Ein schwaches Lächeln umspielte die Lippen des Marquis, während er sich umwandte und die Wirtschafterin begrüßte, die, ganz in raschelnde schwarze Seide gekleidet, den Raum betrat und keineswegs verärgert darüber wirkte, daß sie zu so später Stunde aus dem Bett geholt worden war.

Der Marquis übergab Agamemnon zwei Stallburschen, die sich dem Hengst nur vorsichtig näherten, um die Zügel in Empfang zu nehmen.

Er überließ das Tier der Obhut der beiden jungen Männer und ging zum Haus hinüber. Langsam stieg er die Stufen der Freitreppe hinauf und dachte dabei, daß Cara fast schwieriger zu zähmen wäre als sein neues Pferd.

In der Halle übergab er Hut, Handschuhe und Reitpeitsche einem Diener, und Newman, der Butler, eilte voraus, um ihm die Tür des Frühstückszimmer zu öffnen.

Während er den Marquis mit einer Verbeugung an sich vorbeiließ, erklärte er:

»Die junge Lady hat mit dem Frühstück schon begonnen. Ich sagte ihr, Eure Lordschaft würden nicht wünschen, daß sie wartet, bis Sie von Ihrem Ritt zurückgekehrt seien.«

Der Marquis antwortete nicht.

Er war sich bewußt, daß Agamemnon schuld daran war, daß er den Morgenritt um geschlagene zwei Stunden überzogen hatte. Doch er beabsichtigte nicht, sich dafür bei seinem unerwünschten und ungebetenen Gast zu entschuldigen.

Er betrat den Raum und fragte sich, wie Cara wohl im hellen Tageslicht aussehen würde.

Sie saß an dem runden Tisch in der Fensternische. Bei seinem Eintritt legte sie Messer und Gabel nieder und erhob sich, um ihn mit einem kleinen Knicks zu begrüßen.

Sie trug ein einfaches, aber hübsches Kleid. Auf den ersten Blick schien es ihr zu passen, aber das erfahrene Auge des Marquis bemerkte Sekunden später, daß es ihr um die Hüften zu weit und daher in der Taille mit einem Gürtel zusammengerafft worden war.

»Sie hätten mich auf Ihrem Morgenritt ruhig mitnehmen können«, sagte sie mit leisem Vorwurf in der Stimme.

»Guten Morgen, Cara!« sagte der Marquis würdevoll, um sie an ihre guten Manieren zu erinnern. »Wenn ich daran gedacht hätte, was leider nicht der Fall war, würde ich kaum damit gerechnet haben, daß sich in Ihrem Gepäck die passenden Kleidungsstücke befunden hätten.«

Cara lachte leise, während sie wieder am Tisch Platz nahm.

»Ich nehme an, Sie hätten mir nicht erlaubt, im Herrensitz zu reiten.«

»Mit Sicherheit nicht.«

Der Marquis bediente sich von der Silberplatte, die einer der Diener ihm anbot, während ein anderer ihm Kaffee eingoß. Im Gegensatz zu seinen Zeitgenossen, die nach dem Morgenritt einen Brandy tranken, bevorzugte der Marquis einen starken Kaffee.

Der Butler stellte die Schale mit dem Toastbrot vor

ihn hin, schob einen Teller mit Butter zurecht und rückte die Tischglocke in seine Nähe.

In Caras Augen blitzte der Schalk, während sie die Vorgänge beobachtete. Dann sagte sie:

»Kein Wunder, daß Sie nicht verheiretet sind. Wozu auch, wenn so viele Diener Ihnen jeden Wunsch von den Augen ablesen. Mrs. Peel sprach von Ihnen wie die Glucke von ihrem Küken.«

Der Marquis unterdrückte ein Lachen.

»Falls Sie mich zu provozieren gedenken, Cara«, sagte er, »muß ich Sie enttäuschen. Dafür ist es einfach noch zu früh am Tag, und außerdem bin ich hungrig.«

»Ja, weil Sie schon einen langen Ritt hinter sich haben«, gab sie zur Antwort. »Ich finde es sehr unhöflich, daß Sie mich nicht aufgefordert haben, mitzureiten. Ich mache jede Wette, daß sich in diesem Haus mehr als ein Reitkostüm befindet, das ich hätte anziehen können.«

»Wieso nehmen Sie das an?«

»Weil ich es kaum für möglich hielt, als Mrs. Peel mir den Kleiderschrank voller Kleider zeigte, die von Ihren Angehörigen oder irgendwelchen Gästen stammen und von ihnen wohl vergessen wurden. Auch bei den Sachen, aus denen Sie herausgewachsen sind, würde sich bestimmt etwas für mich finden.«

»Davon, liebe Cara, werden Sie freundlicherweise die Finger lassen!« sagte der Marquis scharf.

»Aber warum? Sie brauchen das doch alles nicht mehr, und für meine Zwecke eignen sich die Sachen weit besser als das Eton-Jackett, das ich anhatte. In der Kleidung eines jungen Mannes reist es sich gewiß angenehmer als in Frauenkleidern.«

»Wenn ich feststellen sollte, daß Sie meine Anzüge

tragen«, warnte der Marquis, »werde ich Sie auch wie einen Mann behandeln und Ihnen eine tüchtige Tracht Prügel verabreichen. Verdient haben Sie es.«

»Womit wir wieder an dem Punkt angelangt wären, an dem wir uns gestern abend getrennt haben«, sagte Cara. »Was haben Sie also mit mir vor?«

»Ich habe mich noch nicht entschieden«, erwiderte der Marquis. »Bevor ich das tue, möchte ich, daß Sie mir mehr über sich erzählen, als Sie das bis jetzt getan haben.«

Schweigen.

Dann, nach längerer Pause, fragte Cara:

»Was wollen Sie wissen?«

»Als erstes, wer Sie sind, und als zweites, warum Sie von zu Hause fortliefen.«

Während der Marquis auf die Antwort wartete, betrachtete er sie eingehend.

Mit dem Licht vom Fenster auf ihrem Haar sah sie ungewöhnlich hübsch aus, sehr jung und anders als jede Frau, die er zuvor kennengelernt hatte.

Er war die üblichen Schönheiten gewohnt, die – nachdem sie mehrere Jahre verheiratet gewesen waren und ihren Ehemännern etliche Kinder, darunter den heißersehnten Stammhalter, geschenkt hatten – sich wie Verdurstende wieder ins gesellschaftliche Leben stürzten, keine Party ausließen und einem Flirt mit einem attraktiven Mann keineswegs abgeneigt waren.

Wenn ein solcher Flirt dann zu einer *affaire de cœur* wurde, galt es als ungeschriebenes Gesetz in den vornehmen Kreisen, daß diese so geheim wie möglich blieb. Selbst der Ehemann, der seine Frau in Verdacht hatte, machte meist keinerlei Anstrengungen, diesen Verdacht zu erhärten.

Der Marquis von Broome in seiner wählerischen, anspruchsvollen Art hatte so die Gunst einiger der schönsten Frauen Englands genossen. Und es gab keinen Zweifel, daß der Prinzregent im Carlton House Schönheiten um sich versammelte, deren Reize von keiner anderen Frau in der Welt übertroffen wurden.

Der Marquis wurde sich nicht recht darüber klar, weshalb Caras Gesicht eine derart unwiderstehliche Anziehung auf ihn ausübte. Aber eins wußte er: Jetzt, da er dieses Gesicht bei Tageslicht gesehen hatte, würde es schwer sein, es jemals wieder zu vergessen.

Vielleicht lag es an dem schweren, goldblonden Haar, das, nachdem sie es abgeschnitten hatte, ein wenig wirr das kleine Gesicht umrahmte. Es gab ihr einen Ausdruck von Wildheit und Verwegenheit, wie er ihn bisher nur bei Lady Caroline Lamb gesehen hatte.

Was immer er für Cara empfinden mochte, eins stand auf jeden Fall für ihn fest: sie war eine Lady von Geburt und Herkunft, und als solche konnte er sie unter keinen Umständen allein oder nur mit einem Begleiter auf die lange Reise nach Frankreich schicken.

Ohne sich dessen bewußt zu sein, hatte er Cara regelrecht angestarrt. Nun unterbrach sie die Musterung, indem sie sagte:

»Ich hoffe, Sie sehen nur die vorteilhaften Details und lassen alles, was weniger gut an meinem Aussehen ist, außer acht!«

»Ich bewunderte Sie nicht als Frau, sondern als Person«, entgegnete der Marquis scharf, denn er fühlte sich ertappt. »Ich versuche, mir darüber Klarheit zu verschaffen, was ich mit Ihnen als Person anfangen soll.«

»Dann schicken Sie mich als Person oder auch als

Sache, die rein zufällig in Ihren Besitz gelangt ist, nach Frankreich«, antwortete Cara. »Ich werde dorthingehen, gleich, ob als Junge oder als Mädchen. Die Entscheidung überlasse ich Ihnen. Doch gleichgültig, wie Sie sich entscheiden, in jedem Fall sind Sie mich dann ein für allemal los und sehen mich nie mehr wieder.«

Der Marquis hatte das seltsame Gefühl, daß sich dies als schwierig für ihn herausstellen könnte. Obwohl es ihm nach einer so kurzen Bekanntschaft unglaublich vorkam, glaubte er, daß er sich ihretwegen große Sorgen machen würde.

»Was ich Ihnen vorschlagen möchte, ist dies: Lassen Sie mich zunächst einmal in Ruhe frühstücken«, sagte er. »Danach werden Sie mir Ihre Geschichte erzählen, und ich werde eine Entscheidung treffen, auf welche Weise ich Ihnen helfe. Aber ich glaube, ich sollte Sie warnen: Ich merke sofort, wenn jemand versucht, mich anzulügen.«

Caras Lachen erfüllte den Raum. Es war ein spontaner Ausbruch des Entzückens.

»Was denken Sie denn!« rief sie. »Natürlich kann niemand Sie anlügen. Glauben Sie, ich weiß das nicht? Sie haben so etwas wie einen Instinkt. Genau wie ich. Und mein Instinkt sagt mir, daß Sie mir helfen werden, gleichgültig, wie viele Ausflüchte Sie auch machen mögen, und gleichgültig, wie sehr Sie dem Netz zu entrinnen versuchen, in dem ich Sie eingefangen habe.«

»Netz?« Die Stimme des Marquis klang entgeistert.

»Oh, nur keine Angst«, antwortete Cara hastig. »Wenn Sie glauben, ich versuchte Sie in die Ehe hineinzulocken, täuschen Sie sich gewaltig. Ich habe beschlossen, niemals zu heiraten, und dieser Entschluß ist endgültig. Außerdem habe ich nicht den Wunsch, mit irgend jemandem darüber zu diskutieren!«

Sie hatte mit solcher Heftigkeit gesprochen, daß der Marquis sie überrascht anschaute.

»Aha«, sagte er, »dann ist also der Grund für Ihre Flucht von zu Hause ein Mann. Man will Sie vermählen.«

Cara lächelte ihn an.

»Sie sind überraschend schnell dahinter gekommen«, gestand sie. »Ganz ehrlich, ich wundere mich über Ihren Scharfsinn und Ihr Einfühlungsvermögen.«

»Ich finde, diese Bemerkung ist fast eine Beleidigung«, entgegnete der Marquis.

»Nein, nein«, verteidigte sich Cara. »Die wenigsten Männer besitzen Fingerspitzengefühl. Sie machen sich nicht die Mühe, eine Frau ernstzunehmen. Die überkommenen Klischeevorstellungen genügen ihnen. Und so pressen sie die Frauen in ein bestimmtes Muster, das sie von ihren Kindermädchen, Erzieherinnen, Lehrern und natürlich auch Eltern übernommen haben.«

Sie lachte leise, bevor sie hinzusetzte:

»Für sie ist eine Frau eine Marionette, eine Puppe – ohne Gefühl und ohne Persönlichkeit.«

»Ist Ihr Bräutigam ein solcher Mann?« wollte der Marquis wissen. »Und ist dies der Grund, weshalb Sie ihn nicht heiraten wollen?«

Er glaubte, Cara würde auf diese Frage antworten. Doch sie schüttelte sich nur und sagte:

»Er ist entsetzlich, abstoßend und ekelhaft. Ich würde lieber sterben, als ihn zu heiraten.«

»Das kann leicht passieren, wenn Sie nicht auf sich aufpassen«, erwiderte der Marquis leichthin. »Aber ich denke, der in Frage kommende Gentleman ist nicht der einzige Mann auf der Welt.«

»Er ist der einzige Mann, den ich heiraten darf.«

»Und da gibt es jemand anderen, dem Sie den Vorzug geben würden?« erkundigte sich der Marquis.

Sie schaute ihn an.

»Jetzt versuchen Sie die Geschichte auszuschmükken und ihr einen romantischen Touch zu verleihen! Nein! Ich habe nicht den Wunsch, irgend jemanden zu heiraten. Und weil das so ist, sind auch Sie vollständig sicher vor mir – falls es das ist, was Sie beunruhigt.«

Der Marquis warf den Kopf zurück und lachte.

»Aufrichtig sind Sie, meine liebe Cara, aber nicht besonders schmeichelhaft.«

»Warum sollte ich auch. Ich habe von Ihrer Anziehungskraft auf Frauen gehört. Die fliegen auf Sie wie die Motten aufs Licht. Aber nicht ich! Glauben Sie mir: Selbst wenn Sie sich vor mir auf die Knie werfen würden, wenn Sie mich anflehten, Ihre Frau zu werden, ich hätte nur eine Antwort für Sie: Nein! Nein!« Sie machte eine Pause und fügte dann hinzu: »Um ehrlich zu sein: Ich hasse Männer – alle.«

Wieder stieß sie die Worte wild hervor. So wie in der Nacht zuvor, als der Marquis sie eine Tigerkatze genannte hatte.

Der Marquis schwieg. Erst nach einer Weile sagte er ruhig:

»Was hat ein Mann Ihnen angetan, daß Sie so sprechen?«

Es war, als ringe Cara förmlich nach Luft. In ihren exotischen Augen erschien ein Ausdruck, den er nicht zu deuten wußte.

Sie schluckte mehrmals, dann rief sie unwillig:

»Ich weigere micht, über die Vergangenheit zu

reden. Ich bin nur an der Zukunft interessiert. Und da Sie über eine gewisse Empfindsamkeit verfügen, bitte, verstehen Sie, daß ich so schnell wie möglich aus England verschwinden muß. Ich darf weder hier noch anderswo auf der Insel gefaßt werden.«

»Und wenn es doch geschehen würde, was dann?«

Sie blickte ihn an, und er sah eine Angst in ihren Augen, wie er sie noch nie in den Augen einer Frau gesehen hatte.

Dann sagte sie:

»Sie mögen mich für theatralisch und übergefühlvoll halten, aber eher töte ich mich, als dem zuzustimmen, was man von mir verlangt. Ich kann nur versichern: Es ist schlimmer als die Hölle!«

Da sie trotz der dramatischen Worte mit leiser, ruhiger Stimme sprach, erhielt das Gesagte eine Bedeutung, die er nicht unbeachtet lassen konnte.

Er lachte diesmal nicht, als sie schwieg, und er widersprach ihr auch nicht.

Er betätigte nur die Tischglocke, und als der Butler ins Zimmer eilte, ließ der Marquis sich eine neue Platte vorsetzen und bedeutete Newman mit einem Wink, daß er die beiden anderen Platten abräumen könne.

Dann reichte er einem der Diener seine Tasse, und erst als der Mann ihm Kaffee eingegossen und das Frühstückszimmer wieder verlassen hatte, blickte der Marquis auf und sah Cara an.

Sie saß zurückgelehnt im Sessel und betrachtete ihn genauso abschätzend wie er sie.

Langsam und bedächtig aß er einige Bissen, betupfte sich mit der Serviette die Lippen und sagte:

»Nun, zu welcher Schlußfolgerung sind Sie gekommen? Haben Sie wenigstens ein paar gute Seiten bei mir entdeckt?«

Cara lachte.

»Einige. Ich glaube, Sie sind streng, selbstherrlich und jagen den meisten Menschen Angst ein. Ich zähle mich allerdings nicht dazu.«

»Und wie kommt das?« fragte der Marquis neugierig.

»Diese Frage werde ich ein wenig später beantworten. Zunächst möchte ich wissen, ob ich mit meiner Meinung über Sie richtig liege.«

»Ich bin enttäuscht«, sagte der Marquis. »Nach allem, was Sie bisher von sich gegeben haben, hielt ich Sie für so scharfsichtig, daß ich glaubte, Sie fällten Ihr Urteil über einen Menschen mit der Geschwindigkeit eines Blitzes.«

»Ich weiß, daß ich Ihnen trauen kann, wenn es das ist, was Sie meinen. Und wenn Sie sagen, daß Sie mir helfen, dann tun Sie das auch. Doch ich versuchte mir eben ein Urteil über Sie als Mann zu bilden.«

»Eine Spezies, die Sie nach Ihren eigenen Worten aufs äußerste ablehnen«, bemerkte der Marquis.

»Ich hasse sie alle«, erwiderte Cara. »Doch Sie besitzen einige Eigenschaften, die mich an meinen Vater erinnern.«

»Ich will hoffen, das ist ein Kompliment«, sagte der Marquis. »Auf alle Fälle würde ich es begrüßen, wenn Sie in der Beurteilung meiner Person etwas mehr in die Einzelheiten gingen.«

»Nun, obwohl es sehr überraschend für mich ist und etwas, was ich von Ihnen nicht erwartet hätte, muß ich zugeben, Sie besitzen einen ausgeprägten Sinn für Humor.«

»Danke«, entgegnete der Marquis ein wenig spöttisch.

»Wenn Sie Schmeicheleien hören wollen«, fuhr

Cara fort, »gibt es gewiß genügend Damen, die Ihnen damit gerne dienen. Nach allem, was ich gehört habe, sind es nicht nur die Ladys der Beau Monde, sondern auch sogenannte Halbweltdamen, von deren Existenz eine anständige Frau, wie man mir sagte, eigentlich gar nichts wissen sollte.«

»Und warum reden Sie dann von ihnen?« fragte der Marquis.

»Weil Männer wie Sie dies interessant finden. Außerdem möchte ich schrecklich gerne wissen, wieso Sie, der von soviel Schönheit, Kostbarkeit und Vollkommenheit umgeben ist, sich derart von der Gosse angezogen fühlt, von den Tanzhallen und Vergnügungsetablissements, die eine Lady nicht einmal erwähnen sollte.«

»Wenn das so ist, sollten Sie sich auch danach richten!« sagte der Marquis scharf.

»Ich interessiere mich eben für solche Frauen. Sie machen die Welt so viel bunter und in einer Weise auch faszinierender. Das Leben einer Tochter aus gutem Haus, auch wenn sie Debütantin ist, hat etwas Langweiliges und Eintöniges.«

Sie seufzte und fuhr fort:

»Man glaubt sich auf einem Heiratsmarkt. Der Sinn des Daseins scheint nur darin zu bestehen, daß man sich einen Mann angelt. Je größer der Fisch, um so besser.«

Wieder sprach sie voller Zorn und Verachtung. Der Marquis vermochte ein Lachen nicht zu unterdrücken.

»Ihre Bilder und Vergleiche sind von großer Anschaulichkeit und Vielfalt«, sagte er. »Doch ich glaube, ich weiß, wovon Sie reden. Aber ich bin ganz sicher, daß niemand Sie zwingen kann, einen Mann zu heiraten, den Sie nicht heiraten wollen.«

Fassungslos starrte Cara ihn an, bevor sie sagte:

»Also, das ist die erste, wirklich dumme Bemerkung, die ich aus Ihrem Mund höre, seit wir uns kennen.«

»Wer will Sie denn zur Heirat zwingen?« fragte der Marquis. »Ihr Vater – oder Ihr Vormund?«

»Sie sind ja ein ganz Schlauer«, rief Cara entrüstet. »Jedes Mittel ist Ihnen recht, um mich zum Reden zu bringen. Aber ich werde zu diesem Thema schweigen. Denn wenn ich Ihnen sagen würde, was Sie mit allen möglichen Tricks aus mir herauszuholen versuchen, wäre ich verloren. Sie würden mich dorthin zurückbringen, woher ich komme und wo ein Schicksal auf mich wartet, das schlimmer als Kerker wäre. Oh, glauben Sie mir doch! Es wäre der sichere Tod für mich – ich schwöre es Ihnen!«

»Das kann ich einfach nicht glauben!« antwortete der Marquis. »Und außerdem hasse ich nichts so sehr, wie Gefühlsausbrüche beim Frühstück!«

Er sprach in einer Weise, die die meisten Menschen, die ihn kannten, zum Schweigen gebracht hätte. Ob Mann oder Frau, jeder hätte jetzt eine Entschuldigung gestammelt, oder die Worte wären ihm in der Kehle steckengeblieben.

Doch Cara lachte nur, und ihr Lachen klang wie ein heller Glockenton, der durchs Zimmer schwang. Er schien eine Antwort zu sein auf die Wintersonne, die in diesem Augenblick die graue Wolkendecke durchbrach und das Zimmer in helles Licht tauchte.

»Sie sind sehr, sehr schlau«, sagte sie. »Ich nehme also meine Bemerkung, Sie seien dumm und einfältig, zurück. Sie versuchen mich zu reizen. Ich soll mich über Sie ärgern, soll die Beherrschung verlieren und mit dem herausplatzen, was Sie wissen wollen!«

Wieder lachte sie und fügte hinzu:

»Ein uralter Trick! Die französischen Revolutionäre haben ihn angewendet, um die Aristokraten zum Reden zu bringen und sich damit selbst zu beschuldigen.«

»Woher wissen Sie das alles?« erkundigte sich der Marquis mit amüsiertem Lächeln.

»Neugierig, wie ich bin, lese ich im Gegensatz zu vielen Mädchen meines Alters«, erwiderte Cara. »Und um Ihre Neugier noch ein wenig anzuheizen: Nichts von dem, was ich gelesen habe, ist nur halb so verbrecherisch, heimtückisch und erniedrigend als das, was mir am eigenen Leib widerfahren ist!«

Sie sprach mit einem Ernst und einer Eindringlichkeit, daß der Marquis es nicht übers Herz brachte, noch einmal zu behaupten, er glaube ihr nicht.

Sie sah sehr jung und mädchenhaft aus, aber nun, da sie wieder mit dieser ruhigen, beherrschten Stimme sprach, kam sie ihm sehr erwachsen und erfahren vor.

Er schob seinen Teller von sich und lehnte sich in seinem Sessel zurück.

»Ich wünschte, Sie würden mir vertrauen, Cara«, sagte er. »Wenn ich Ihnen helfen soll, wie das Ihr Wunsch ist, müssen Sie so vernünftig sein, mir die volle Wahrheit zu sagen. Ohne daß ich Ihre ganze Geschichte und alle Einzelheiten kenne, vermag ich mir kein Urteil darüber zu bilden, ob Ihre Situation wirklich so entsetzlich ist, wie Sie es darstellen.«

Während er sprach, blickte er Cara fest in die Augen.

Einen Moment lang war ihm, als würden ihre Blicke von einer unsichtbaren Kraft magnetisch angezogen und festgehalten. Keiner von ihnen schien sich aus der Anziehung des anderen befreien zu können. Jeder mußte den anderen anschauen, konnte den Blick von ihm nicht abwenden.

Doch dann sagte sich Cara, daß sie nicht auf den Mann, der ihr gegenübersaß, hören durfte, daß er wieder einmal versuchte, ihr eine Falle zu stellen, um das von ihr zu erfahren, was sie ihm nicht anvertrauen wollte.

Und während sie noch mit sich kämpfte, um sich dem Bann, den er auf sie ausübte, zu entziehen, wurde die Tür des Frühstückszimmers geöffnet.

»Der Earl von Matlock, M'lord«, meldete der Butler.

Der Marquis glaubte im ersten Augenblick, nicht richtig gehört zu haben.

Doch dann zweifelte er nicht mehr.

Gefolgt von zwei anderen Männern, betrat der Mann, den er am meisten verachtete, den Raum.

Keiner von ihnen sprach ein Wort.

Dann wurde die Stille von einem leisen Schrei durchbrochen. Es war der Schrei eines kleinen Tieres, das sich in einer Schlinge verfangen hat.

»Onkel – Lionel!« rief Cara, und ihre Stimme zitterte vor Angst und Entsetzen.

3

Sekundenlang starrte der Marquis in fassungslosem Erstaunen auf den Earl.

Der Eindringling war ein Mann mittleren Alters, der in seiner Jugend einmal sehr gut ausgesehen haben mußte. Ein Eindruck, der nur durch die eng beieinander stehenden Augen beeinträchtigt wurde.

Jetzt allerdings wirkte er nicht nur aufgeschwemmt und verlebt, sondern sein Gesicht war wutverzerrt. Die Feindseligkeit und der Haß gegen den Marquis hatten tiefe Runen in sein Gesicht gegraben und es in eine teuflische Fratze verwandelt.

Als er den Raum betrat, lächelte er triumphierend. Eine Reaktion, für die der Marquis im ersten Augenblick keine Erklärung fand.

Der Marquis hatte sich absichtlich nicht erhoben. Ruhig saß er in seinem Sessel und fragte:

»Darf ich fragen, was Sie so früh am Morgen zu mir führt, Matlock?«

Während er sprach, stellte er fest, daß Matlock seinen Reitdreß trug. Seine Stiefel waren staubbedeckt, und in der Hand hielt er die Reitpeitsche.

Es war ganz offensichtlich, daß er scharf geritten war, und ein Blick auf die beiden Begleiter des Earls sagte dem Marquis, daß für sie das gleiche galt.

Einer der beiden war ein schmalgesichtiges Individuum mit einer langen Nase und schütterem, sandfarbenem Haar. Der andere trug zur Überraschung des Marquis das weiße Kollar des Geistlichen unter seinem Reitjackett.

Sein Haar war grau, und das eingefallene, totenbleiche Gesicht konnte jeden, der ihm begegnete, glauben machen, er wäre halbverhungert und stände kurz vor seinem seligen oder unseligen Dahinscheiden.

Ohne Cara auch nur eines Blickes zu würdigen, durchquerte der Earl das Zimmer. Er baute sich vor dem Frühstückstisch auf und starrte den Marquis aus haßerfüllten und zugleich höhnischen Augen an.

»Ich bin hier, Broome«, begann er mit gepreßter Stimme, »um Sie davon in Kenntnis zu setzen, daß ich Sie endlich da habe, wo ich Sie schon immer haben wollte – in meiner Gewalt!«

Der Gesichtsausdruck des Marquis veränderte sich nicht. Nur in seinem Blick erschien ein alarmierter Ausdruck, als er erwiderte:

»Ich habe nicht die leiseste Vorstellung, von was Sie reden. Außerdem glaube ich, Sie sollten mir nicht nur eine Erklärung für Ihre Anwesenheit in meinem Haus geben, sondern auch für die Anwesenheit Ihrer beiden Begleiter, die ich nicht eingeladen habe.«

»Dann darf ich die Herren vorstellen«, sagte der Earl und machte eine ausladende Handbewegung. »Mein Anwalt, Israel Jacobs von Lincolns Inn und Reverend Adolphus Jenkins, den Sie wohl kaum kennen werden, da seine Schutzbefohlenen ausschließlich das Fleet-Gefängnis bevölkern.«

Seine Stimme triefte vor Hohn, und gleichzeitig war darin ein unüberhörbarer Klang von Bosheit.

Matlocks Begleiter waren bei der Tür stehengeblieben und schienen sich von dort nicht wegbewegen zu wollen.

Cara hat ihren Platz am Tisch sofort verlassen. Sie war bis zur Wand zurückgewichen.

Instinktiv hatte sie sich aus der Reichweite ihres Onkels fortbewegt, und der Marquis nahm an, daß sie auf die erstbeste Gelegenheit wartete, aus dem Raum zu entfliehen – was im Augenblick jedoch unmöglich war, da die Begleiter des Earls die Tür flankierten und nicht daran zu denken schienen, ihre Position aufzugeben. Auch die Fenster, die in den Garten führten, boten keine Chance zur Flucht, da sie fest verschlossen waren.

»Ich weiß immer noch nicht, weshalb Sie hier sind«, sagte der Marquis nach kurzem Schweigen.

»Dann lassen Sie es mich Ihnen erklären«, erwiderte der Earl. »Ich beschuldige Sie der Entführung und Vergewaltigung einer Minderjährigen, Broome!«

Die Haltung des Marquis spannte sich, doch er rührte sich nicht, und in seinem Gesicht zuckte kein Muskel.

Nur Cara, die sich mit dem Rücken fest gegen die Eichentäfelung der Wand preßte, stieß erneut einen schrillen Schrei aus.

»Das ist eine Lüge!« rief sie. »Er hat mich nicht entführt. Ich hatte mich in seiner Kutsche versteckt.«

Der Earl wandte bei ihren Worten nicht einmal den Kopf. Er ließ nicht erkennen, ob er das, was sie gesagt hatte, überhaupt gehört hatte.

Seine Augen waren auf den Marquis gerichtet, als er mit langsamer und vernehmlicher Stimme verkündete:

»Ich bin bereit, Ihnen die Wahl zu lassen, Broome.

Sie haben die Möglichkeit, sich vor Gericht für ein Verbrechen zu verantworten, das mit Deportation geahndet wird, oder meine Nichte zu heiraten und sich dieses Privileg durch Zahlung von zehntausend englischen Pfund zu erwerben.«

Er schwieg, und dem Marquis wurde klar, daß er dem Earl auf den Leim gegangen war. Der Mann hatte einen Trumpf gegen ihn in der Hand, und er würde nicht zögern, ihn auszuspielen.

Er wußte, der Haß des Earls entsprang nicht nur den vielen Siegen, die seine, des Marquis Pferde über die des Earls davongetragen hatten, sondern vor allem den mannigfachen Gelegenheiten, in denen er es für notwendig erachtet hatte, dem Jockey Club schwere Verstöße gegen die Rennvorschriften nachzuweisen und zur Anzeige zu bringen, in denen Jockeys und Pferde des Rivalen verwickelt waren.

In einem der Fälle war ein Pferd des Earls daraufhin noch nach dem Sieg disqualifiziert und der Preis dem Marquis, dessen Tier als zweites durchs Ziel gegangen war, zugesprochen worden.

Der Marquis hatte gewußt, daß Matlock ihm dies niemals verzeihen würde. Der Gedanke durchzuckte ihn, daß er sich nun ungewollt einem Mann ans Messer geliefert hatte, der sein erklärter Feind war und nun voller Haß und Schadenfreude die Chance ergriff, sich an ihm zu rächen.

Das Ärgerliche war, daß der Marquis seit Jahren jedem Köder, mit dem man ihn, den begehrtesten Junggesellen in der Beau Monde, zu locken versuchte, ausgewichen war und jede Falle, die man ihm stellte, gemieden hatte. Und das war wahrhaftig nicht einfach gewesen, denn es gab in ganz England keine Familie, der er als Schwiegersohn nicht willkommen war.

Also ließ er sich Zeit, um in aller Ruhe zu prüfen und auszuwählen. Es gab für ihn keinen entsetzlicheren Gedanken, als in dieser so entscheidenden Angelegenheit den falschen Griff zu tun.

Daß er einmal mit einem Ultimatum konfrontiert werden könnte, wie der Earl es ihm nun stellte, wäre ihm in seinen wildesten Alpträumen nicht eingefallen.

Fieberhaft arbeitete sein Verstand, um einen Ausweg aus dieser total verfahrenen Situation zu finden.

In seiner gewohnt ruhigen und überlegenen Art erklärte er:

»Ich kann kaum glauben, daß das, was Sie eben sagten, mehr als ein schlechter Witz ist, Matlock.«

»Es ist kein Witz. Es ist mein bitterster Ernst, das versichere ich Ihnen«, erwiderte der Earl scharf. »Mister Jacobs ist angewiesen, meine Anzeige unverzüglich dem Polizeipräsidenten der Grafschaft zu übergeben, falls Sie sich weigern sollten. Ich brauche Ihnen nicht zu sagen, daß Ihre Verhaftung und Überführung in den Old Bailey dann nur noch eine Frage von Stunden sein wird.«

Er machte eine Pause und beobachtete die Wirkung, die seine Worte hervorriefen. Dann fuhr er fort:

»Andererseits ist Reverend Adolphus im Besitz einer Sondererlaubnis, die ihn in die Lage versetzt, Sie mit meiner Nichte sofort in Ihrer Privatkapelle zu trauen. Die Entscheidung liegt bei Ihnen.«

Der Marquis zog hörbar den Atem ein.

Er setzte zu einer Antwort an. Er wollte sagen, daß er nicht daran denke, sich von einem Earl von Matlock und dessen Kreaturen erpressen zu lassen, als Cara einen zornigen Laut ausstieß und in die Mitte des Raumes trat.

Wie ein Racheengel stand sie vor ihrem Onkel und

sagte wutentbrannt: »Wenn du glaubst, ich würde den Marquis unter diesen Umständen heiraten, bist du gewaltig auf dem Holzweg. Ich bin davongelaufen, weil du versucht hast, mich mit diesem grausamen, gemeinen und ekelhaften Menschen zusammenzubringen. Niemals werde ich die Frau dieses Ungeheuers sein. Ich werde überhaupt keinen Mann heiraten, und du wirst mich nicht zu einer Ehe zwingen können!«

Der Earl wandte sich zu ihr um. Zum erstenmal, seit er den Raum betreten hatte, sah er sie an. Der Marquis, der ihn keinen Moment aus den Augen ließ, erkannte den Haß, der diesen Menschen erfüllte.

»Willst du mir schon wieder trotzen?« fragte der Earl zitternd vor Wut. »Well, ich gebe zu, daß du dir einen weitaus bedeutenderen Liebhaber ausgesucht hast, als Forstrath es ist. Aber den wirst du nun heiraten. Ich bin deine hysterischen Anfälle jetzt endgültig leid. Hast du das verstanden?«

»Ich bin nicht hysterisch«, erwiderte Cara wild. »Ich erkläre dir nur, daß ich den Marquis nicht heiraten werde. Und schon gar nicht dieses Ungeheuer Sir Mortimer Forstrath. Im übrigen dürfte es dir bekannt sein, daß keine Trauung gültig ist, wenn die Braut nein sagt!«

Ihre Augen blitzten, während sie sprach, und die Worte schienen sich zu überschlagen.

Ohne eine Erwiderung hob der Earl die Hand und schlug Cara mit einer solchen Wucht ins Gesicht, daß sie zu Boden stürzte.

Dann wechselte der Earl blitzschnell die Peitsche, die er in der Linken hielt, in die rechte Hand und ließ sie auf Cara niedersausen, die vor ihm auf dem Boden lag.

Er schlug das Mädchen zweimal mit brutaler Kraft, bevor der Marquis sich erheben konnte.

»Halt!« schrie er. »Wie können Sie es wagen, in meinem Haus eine Frau zu schlagen!«

Er schob den Frühstückstisch zur Seite und wollte sich mit geballten Fäusten auf den Earl stürzen, als Israel Jacobs seinen Standort bei der Tür verließ und ihm entgegentrat.

Erstaunt sah der Marquis, daß der Mann eine Pistole in der Hand hielt.

»Bleiben Sie, wo Sie sind, M'lord!« befahl Israel Jacobs. »Ein Vormund hat seine Rechte, und es ist im Sinne des Gesetzes, wenn er sein Mündel bestraft, falls er es für angebracht hält.«

Während der Anwalt sprach, blickte der Earl über die Schulter und nickte zustimmend. Dann schlug er erneut auf Cara ein.

»Und bei Gott, ich halte es für angebracht!« schrie er wütend. »Und wenn ich mit dieser aufsässigen kleinen Nervensäge fertig bin, wird sie sogar den Teufel heiraten, falls ich es ihr befehle!«

Wieder hob er die Peitsche. Als sie Caras Rücken traf, schrie das Mädchen vor Schmerz.

Die Gedanken des Marquis arbeiteten fieberhaft. Mit einem blitzschnellen Satz konnte er bei dem Anwalt sein und ihm die Pistole aus der Hand schlagen. Die Chancen, dabei einer Kugel zu entgehen, standen fünfzig zu fünfzig.

Doch noch während er die Muskeln spannte, sah er, daß auch der Gefängnispfarrer eine Pistole in der Hand hielt, die auf ihn gerichtet war.

Der Mann zitterte vor Erregung, und die Gefahr, daß er die Nerven verlor, war nicht auszuschließen.

Dem Marquis war klar, daß er in dieser Situation,

wo zwei Pistolenläufe direkt auf seine Brust zeigten, kaum eine Chance hatte. Mit Verletzungen mußte er in jedem Fall rechnen, unter Umständen konnte es sogar sein Tod sein.

Während er noch unentschlossen dastand, schrie Cara schmerzgepeinigt auf. Mit dem Gefühl, daß er sein eigenes Todesurteil unterschrieb, sagte der Marquis:

»Very well, Matlock, Sie haben dieses Scharmützel gewonnen, das in meinen Augen nichts anderes ist als eine raffiniert geplante, kaltblütige Erpressung.«

Der Earl ließ den Arm sinken.

»Ich freue mich, daß Sie das einsehen, Broome. Dann können wir jetzt wohl zum geschäftlichen Teil übergehen.«

Es kostete den Marquis eine ungeheure Selbstbeherrschung, auf diese Worte nichts zu erwidern.

Er durchquerte den Raum und blieb vor dem Kamin stehen, während er verzweifelt nach einem Ausweg aus der Falle suchte, in die er so unerwartet geraten war.

Der Anwalt und der Geistliche senkten die Waffen, ohne sie allerdings wegzustecken, und der Earl starrte mit einem derartigen Haß in den Augen auf das Mädchen zu seinen Füßen, daß der Marquis das Gefühl hatte, er würde Cara am liebsten mit Fußtritten traktieren.

»Schade, daß dein zukünftiger Ehemann mich durch sein schnelles Nachgeben daran gehindert hat, dir die Prügel zu verabreichen, die du verdienst. Wie konntest du es wagen, mir einfach durchzubrennen!«

Der Earl wartete auf Caras Antwort, doch als das Mädchen schwieg, sprach er etwas ruhiger weiter:

»Doch wer weiß! Vielleicht verleiht dir die Heirat

mit dem Marquis eine noch vorteilhaftere Stellung in der Gesellschaft, als du sie durch eine Ehe mit Mortimer Forstrath gewonnen hättest.«

Während dieser Worte, die mit höhnischer Stimme gesprochen wurden, glaubte der Marquis plötzlich zu wissen, von wem sein Widersacher redete.

Er selbst hatte Sir Mortimer Forstrath nie persönlich kennengelernt und sich auch nie um die Bekanntschaft mit diesem Mann bemüht. Vom Hörensagen wußte er, wie unbeliebt er in den Clubs war, zu deren Mitgliedern er zählte.

Der Marquis konnte sich im Augenblick nicht daran erinnern, was an Forstrath so unangenehm war und weshalb er überall auf Ablehnung stieß. Doch eins stand für ihn fest: für Cara war er nicht der richtige Ehemann.

Nachdem der Earl dem Mädchen noch einen wütenden, haßerfüllten Blick zugeworfen hatte, wandte er sich von ihr ab. Er trat auf den Marquis zu und blieb dicht vor ihm stehen. Die beiden maßen sich mit Blikken wie zwei Boxkämpfer im Ring.

Dann sagte der Earl mit seiner höhnischen, unangenehmen Stimme und einem hämischen Lächeln auf den Lippen:

»Als erstes darf ich Sie um den Scheck bitten, Broome. Unmittelbar danach kann dann die Trauung stattfinden.«

Indessen hatte Cara sich vom Boden erhoben.

Sie war sehr bleich, nur die Wange, wo die Faust ihres Onkels sie getroffen hatte, als er sie niederschlug, brannte dunkelrot wie ein Feuermal.

Die Striemen auf ihrem Rücken schmerzten sie, doch sie achtete nicht darauf. In ihr war nur ein Gedanke: Wenn es ihr gelingen würde, aus dem Zimmer zu fliehen, konnte sie versuchen, die Ställe zu erreichen und ein Pferd zu finden, mit dem sie davongaloppieren konnte, bevor jemand sie festhielt.

Sekundenlang dachte sie daran, daß ihr Geld und ihr Schmuck noch oben im Zimmer lagen, in dem sie übernachtet hatte. Doch dies war im Augenblick unwichtig.

Wichtig war nur eins: die Flucht mußte ihr gelingen, bevor man sie zwingen konnte, den Marquis zu heiraten.

Eins war sonnenklar, ihrem Onkel war es ernst. Todernst sogar.

Als sie sich am Abend zuvor aus dem Haus ihres Onkels am Grosvenor Square davongeschlichen hatte, wußte sie, daß sein Entschluß unverrückbar feststand. Kein Bitten und Betteln konnte daran etwas ändern. Nur noch die Flucht hatte sie davor bewahren können, Sir Mortimer Forstrath zu heiraten.

Ihr Onkel brauchte das Geld. Er wollte sie loswerden, und er hatte bereits damit gedroht, sie bewußtlos zu schlagen, wenn sie sich seinem Willen noch länger widersetzte.

Als sie sich in der Kutsche des Marquis versteckte, hätte sie nie geglaubt, daß ihr Onkel sie jemals finden und die Situation ausnützen würde, um sich in den Besitz des Geldes zu bringen, das er so verzweifelt benötigte, und gleichzeitig Rache zu nehmen an seinem größten Feind.

Langsam, Schritt für Schritt und in der Hoffnung, daß niemand es bemerkte, bewegte sie sich auf die Tür zu.

Doch genau in dem Augenblick, da sie ihr Ziel mit einem blitzschnellen Sprung zu erreichen hoffte, stellte sich Israel Jacobs ihr in den Weg.

Er sagte kein Wort, er baute sich nur schweigend vor ihr auf, und Cara erkannte mit einem gequälten Seufzer, daß sie verloren hatte.

Von der anderen Seite des Zimmers aus sagte der Marquis:

»Reden wir doch vernünftig über die Angelegenheit, Matlock! Ich gebe Ihnen das Geld, aber Sie wissen genau, daß ich Ihre Nichte nicht verführt habe und daß es keinen Grund für mich gibt, sie zu heiraten. Sie verbrachte die Nacht unter der Obhut meiner Wirtschafterin, die eine sehr achtbare und rechtschaffene Frau ist.«

»Kein Magistrat, keine Jury und kein Gericht würden eine Angestellte als ausreichenden Schutz für ein junges, unschuldiges Mädchen ansehen, das die Nacht unter dem Dach des ehrenwerten Marquis von Broome zugebracht hat«, höhnte der Earl.

Und als hätte er den Wunsch, den Marquis immer noch mehr zu reizen, fügte er hinzu:

»Sie hatten Ihren Spaß, Broome. Seien Sie also ein fairer Verlierer und zahlen Sie dafür!«

Nur mit letzter Kraft zwang sich der Marquis, die Fassung zu bewahren und den Earl nicht mit einem einzigen Fausthieb zu Boden zu schlagen.

»Ich erhöhe den Betrag auf fünfzehntausend Pfund«, sagte er ruhig.

Der Earl lachte.

»Sie sind ein sehr reicher Mann, Broome, und es wird in der Zukunft von großem Vorteil für mich sein, auf unsere enge verwandtschaftliche Beziehung hinweisen zu können.«

Er machte eine Pause, dann fuhr er hämisch grinsend fort:

»Ich hoffe, schon in den nächsten Tagen aus dieser

Beziehung einen größeren Nutzen als den Gewinn von Geld zu ziehen.«

Was der Earl sagte, war richtig, und es war dem Marquis klar, daß der Earl versuchen würde, das beste aus der Heirat seiner Nichte mit ihm herauszuholen.

Der Earl schien zu spüren, daß er das Spiel nicht zu weit treiben durfte, wenn seine Pläne auch für die Zukunft aufgehen sollten. Deshalb sagte er mit barscher Stimme:

»Schlage vor, wir erledigen zunächst einmal das Geschäftliche. Da ich annehme, daß Sie Ihre Scheckhefte nicht im Frühstückszimmer aufbewahren, sollten wie Ihre Bibliothek aufsuchen.«

Daß der Earl ihn in seinem eigenen Haus herumkommandierte, war eine Beleidigung, die einzustekken den Marquis eine fast unmenschliche Überwindung kostete. Doch er ließ sich nichts anmerken. Wortlos durchquerte er den Raum und öffnete die Tür.

Er warf Cara einen flüchtigen Blick zu und blieb stehen, um ihr den Vortritt zu lassen.

Langsam, wie unter großen Schmerzen, trat sie auf den Gang hinaus.

Der Marquis folgte ihr.

Hinter ihm, ein diabolisches Grinsen auf den Zügen, kam der Earl, flankiert von seinen Helfershelfern.

Da Cara den Weg nicht kannte, wartete sie, bis der Marquis sie eingeholt hatte. Dann ließ sie sich von ihm zur Bibliothek führen, deren Tür von einem Diener hastig geöffnet wurde.

Sie betraten den großen, behaglichen Raum, an dessen Wänden mehrere Gemälde von Stubbs hingen und der mit schweren Ledersesseln ausgestattet war. In der Mitte stand ein riesiger Schreibtisch, auf dem ein großes, goldenes Tintenfaß und ein Löscher, beide mit dem Wappen der Broomes versehen, standen.

Während der Marquis auf den hochlehnigen Schreibtischstuhl zuging, fragte sich Cara wieder, ob es jetzt vielleicht eine Gelegenheit zur Flucht für sie gebe.

Doch mit ihrem Onkel und seinen Spießgesellen hinter sich war an eine Flucht nicht zu denken. Außerdem erfaßte sie plötzlich eine Art Schwindel. Die Knie gaben unter ihr nach, und um niemanden merken zu lassen, wie es um sie stand, ließ sie sich auf dem Kaminvorleger nieder.

Sie saß mit dem Rücken zum Raum und streckte ihre Hände dem prasselnden Feuer entgegen, das im Kamin brannte.

Sie war sich nicht bewußt, daß das Blut der Striemen, die von der Peitsche ihres Onkels herrührten, bereits den dünnen Stoff ihres Kleides rot färbte.

Der Marquis blickte vom Schreibtisch auf und sah die langen roten Male, die sich deutlich auf ihrem Rücken abzeichneten. Seine Lippen preßten sich zu einer harten Linie zusammen, während er die Schublade vor sich aufzog.

Er holte ein Scheckheft heraus und begann den Scheck auszufüllen.

Der Earl benutzte die Zwischenzeit, um sich im Raum umzuschauen. In einer Ecke des Raumes entdeckte er einen Tisch mit verschiedenen Getränken.

Ohne um Erlaubnis zu fragen, ging er darauf zu und goß sich und seinen Begleitern ein Glas Brandy ein.

Der Geistliche und der Anwalt griffen begierig danach. Der Earl hob sein Glas in Richtung Marquis und sagte:

»Ich trinke auf Ihr Wohl, M'lord!«

Da der Marquis nicht aufblickte, fuhr der Earl zynisch fort:

»Sie werden noch die Erfahrung machen, daß Cara eine sehr schwierige Person ist, eigensinnig und ungewöhnlich starrköpfig. Deshalb sollten Sie mein Hochzeitsgeschenk an **Sie** zu schätzen wissen!«

Er hob die Hand, die die Peitsche hielt, und fuhr fort:

»Sie brauchen eine Peitsche, um Ihre zukünftige Ehefrau die Furcht des Herrn zu lehren. Es ist die einzige Sprache, die sie versteht.«

Während er sprach, hatte er sich dem Schreibtisch genähert. Nun warf er die Peitsche vor dem Marquis auf die Tischplatte.

Doch der Marquis ignorierte sowohl die Bemerkungen des Earls als auch dessen Verhalten. Ruhig setzte er seine Unterschrift unter das Papier. Er ließ es auf dem Tisch liegen und erhob sich.

Die Hand des Earls schoß vor. Hastig nahm er den Scheck an sich. Seine Züge waren verzerrt und seine Finger zitterten vor Gier, während er den eingetragenen Betrag genau überprüfte. Dann sagte er:

»Es geht in Ordnung!« Er nickte befriedigt. »Und nun, Broome, zeigen Sie uns den Weg zur Kapelle, die Sie als gottesfürchtiger Mensch doch wohl immer in Benutzung haben, wie ich hoffe.«

Wieder triefte seine Stimme vor Hohn, doch der Marquis blickte zu Cara hinüber, die bei den Worten ihres Onkels den Kopf abgewandt hatte.

Als sie sah, daß alle auf sie warteten, stand sie langsam auf.

Sie war noch bleicher als vorhin, nur die Stelle in ihrem Gesicht, wo die Hand des Onkels sie getroffen hatte, leuchtete immer noch wie ein rotes Mal.

Hocherhobenen Hauptes schritt sie an ihrem Onkel vorbei. Während der Marquis ihr die Tür aufhielt, durchzuckte sie ein Gedanke.

Sie trat ruhig auf den Gang hinaus, wirbelte plötzlich herum, warf die Tür ins Schloß und drehte den Schlüssel um.

Mit gerafften Röcken rannte sie, so schnell es ihr möglich war, zur Halle und von dort durch die Vordertür nach draußen.

Wie erwartet standen die drei Pferde, mit denen ihr Onkel und seine Begleiter gekommen waren, noch vor dem Haus – jedes in der Obhut eines Stallknechtes.

Cara hastet die Stufen hinunter und schwang sich mit einem geschmeidigen Satz in den Sattel des Pferdes, das ihr am nächsten war.

Ehe der Pferdeknecht noch begriffen hatte, was da vor sich ging, hielt Cara die Zügel schon in der Hand und gab dem Tier die Hacken.

Sie trieb es auf die Brücke zu, die über den See führte.

Doch sie hatte kaum einige Meter zurückgelegt, als sie entsetzt feststellte, daß das Tier völlig erschöpft war.

Kein Wunder nach dem langen und zweifellos scharfen Ritt von London nach hier.

Cara nahm an, daß ihr Onkel, um schneller vorwärts zu kommen, nicht einmal die Straße benutzt, sondern jede nur mögliche Abkürzung genommen hatte.

Schließlich hatte er befürchten müssen, daß sie Broome schon wieder verlassen hatte, bevor er dort eintraf. Grausam und gnadenlos, wie er war, würde er die Tiere nicht geschont, sondern das Letzte aus ihnen herausgeholt haben.

Cara besaß keine Peitsche und keine Sporen, und obwohl sie dem Pferd die Hacken in die Flanken grub, war ihr klar, daß es höchstens noch zu einem mühsamen Trott imstande war.

Sie blickte über die Schulter zurück, und als sie das Torhaus erreichte, konnte sie in der Ferne zwei Reiter sehen, die ihre Verfolgung aufgenommen hatten.

Es war nicht schwierig, sich vorzustellen, daß ihr Onkel den Marquis gezwungen hatte, die Glocke zu betätigen, und daraufhin ein Diener herbeigeeilt war, um die Tür aufzusperren.

Hinter dem Torhaus mußte sich Cara entscheiden, ob sie nach rechts oder links wollte. Sie erinnerte sich, daß es rechts nach London ging, also bog sie nach links ein.

Es war nicht mehr als ein schmaler Feldweg, der an der hohen Backsteinmauer entlanglief, die auf dieser Seite den Besitz des Marquis begrenzte.

Sie tat alles, um das Tier zu einer schnelleren Gangart zu bewegen, wußte jedoch gleichzeitig, daß all ihre Bemühungen sinnlos waren.

Ihr Blick fiel auf ein kleines offenstehendes Tor, das zu einem Feld führte, in dessen Mitte eine dichte Baumgruppe stand. Kurzentschlossen ritt sie darauf zu.

Verzweifelt hoffte sie, sich dort verbergen zu können. Doch als sie den Rand des Wäldchens erreicht hatte und zurückblickte, sah sie einen Reiter, der den Feldweg hinunterkam, den sie eben verlassen hatte.

Sie spürte einen stechenden Schmerz in ihrer Brust, als sie ihren Onkel erkannte.

Die beiden Verfolger mußten sich beim Torhaus getrennt haben, und ihr Onkel war nach links geritten.

Rücksichtslos schlug er auf das Tier ein, das er ritt.

Er zwang es zu einem Tempo, das mindestens dreimal so groß sein mußte als das, was sie aus ihrem Pferd hatte herausholen können.

Da die Hecken ziemlich niedrig und zu dieser Jahreszeit noch unbelaubt waren, mußte ihr Onkel sie gesehen haben. Plötzlich änderte er seine Richtung und galoppierte auf das Wäldchen zu.

Cara erkannte, daß ihre Chance zur Flucht gleich Null war, und sie hielt es für würdevoller, zu wenden und ihm entgegenzureiten.

Anstrengung und Wut hatten sein Gesicht dunkelrot gefärbt, und als sie sich in der Mitte des Feldes trafen, schrie er außer sich vor Ingrimm:

»Verdammt! Was, zum Teufel, glaubst du damit zu erreichen?«

»Ich versuche, dir zu entfliehen, Onkel Lionel«, erwiderte Cara mit einem letzten Rest von Tapferkeit angesichts der Tatsache, daß das Schicksal sich gegen sie gestellt zu haben schien.

»Du wirst jetzt mit mir zurückkommen«, sagte der Earl. »Sollte der Marquis inzwischen ebenfalls geflohen sein, werde ich dich so lange auspeitschen, bis du wünschst, nie geboren zu sein.«

»Das habe ich mir oft genug gewünscht, seitdem ich bei dir bin«, entgegnete Cara.

Ihr Onkel wendete sein Pferd. Er ritt zu dem Tor in der Mauer zurück, durch das sie gekommen waren. Und da Cara nun nichts anderes mehr übrig blieb, folgte sie ihm

Als sie den Feldweg erreicht hatten und nebeneinander ritten, sagte der Earl:

»Wenn du nicht so verbohrt wärst, würdest du einsehen, daß ich dir einen großen Dienst tue, wenn ich dich mit Broome verheirate. Du wirst als seine Gemahlin eine gesellschaftliche Stellung einnehmen, um die dich alle Frauen des Landes beneiden werden.«

»Und ich werde mit einem Mann verheiratet sein, der mich haßt und verabscheut, weil ich deine Nichte bin.«

Anstatt über ihre Bemerkung verärgert zu sein, lachte der Earl.

»Endlich! Endlich habe ich ihn geschlagen!« sagte er mit einem Ton von Genugtuung in der Stimme.

Cara schwieg, und er fuhr fort:

»Er hat mich verhöhnt! Hat mich behandelt wie ein Stück Dreck und mich ständig seine Überlegenheit fühlen lassen. Er war ein Dorn in meinem Fleisch in den vergangenen fünf Jahren. Aber nun bin ich der Sieger. Mister Großmann liegt vor mir im Staub.«

»Du hast das Geld, das du willst«, erwiderte Cara. »Laß mich gehen, Onkel Lionel! Sag, du hast mich nicht gefunden und wüßtest nicht, wohin ich geritten bin. Ich werde aus deinem Leben verschwinden, und du wirst mich nie mehr wiedersehen.«

»Ich werde mich auf keine Diskussion mit dir einlassen«, schlug der Earl ihre Bitte ab. »Du wirst Broome heiraten und Gott – falls es ihn gibt – auf den Knien dafür danken. Kein Vormund kann mehr für eine Nichte tun, die eine Nervensäge für ihn war, solange er sie kannte.«

»Du tust das alles doch nicht für mich«, widersprach Cara empört. »Du hast Papa immer gehaßt, weil du neidisch und eifersüchtig auf ihn warst. Und das ist auch der Grund, weshalb du mich nicht magst. Ja, ich werde Gott danken, danken aus ganzem Herzen, aber nur, weil ich nun nicht mehr in deinem Haus leben muß!«

Der Earl lachte, aber es war ein höchst unangenehmes Lachen.

»Du bist also immer noch die Alte!« sagte er. »Ich hoffte, ich hätte dich endlich kleingekriegt. Schade, daß du Mortimer Forstrath nicht heiratest. Er hätte deine Dummheiten nicht geduldet, bei ihm wärst du deine Aufsässigkeit bald losgeworden.«

Cara schwieg.

Sie sah vor sich das Haus liegen und wußte, daß ihr Onkel in einem Punkt recht hatte. Wie immer ihr Leben an der Seite des Marquis auch verlaufen würde, es war dem als Gattin eines Sir Mortimer Forstrath bei weitem vorzuziehen.

Ein Gefühl der Schwäche und Ohnmacht befiel sie wieder. Sie hatte nicht nur den Kampf gegen den Onkel verloren und war deshalb niedergedrückt und verzweifelt, auch die blutigen Wunden auf ihrem Rükken schmerzten immer stärker, und sie glaubte, diesen Schmerz nicht mehr lange ertragen zu können.

Nur mühsam hielt sie sich noch im Sattel und fürchtete, jeden Moment das Bewußtsein zu verlieren und vom Pferd zu fallen.

Doch sie biß die Zähne aufeinander. Sie hatte nur noch einen Gedanken, daß sie ihrem Onkel den Triumph nicht gönnen wollte, in seiner Gegenwart zusammenzubrechen.

Und sie schaffte es.

Als ein Pferdeknecht herbeieilte und die Zügel ergriff, schwang sie das Bein über den Sattel und ließ sich zu Boden gleiten.

Erst als ihre Füße das Hofpflaster berührten und sie wußte, daß sie nun die Stufen der Freitreppe hinaufsteigen mußte, umfing sie plötzlich eine undurchdringliche Finsternis.

Es war Cara, als öffnete sich die Erde unter ihr. Sie glaubte, zu fallen und zu fallen...

*

Als Cara aus ihrer Bewußtlosigkeit erwachte, saß sie in einem kunstvoll geschnitzten Kirchenstuhl in der Privatkapelle des Marquis.

Jemand preßte ein mit Kölnisch Wasser getränktes Taschentuch gegen ihre Stirn, und eine Hand hielt ihr ein Glas Brandy an die Lippen.

Sie versuchte, es beiseite zu schieben, als sie den Marquis mit seiner ausdruckslosen, unpersönlichen Stimme sagen hörte:

»Trinken Sie das! Es wird Ihnen guttun.«

Weil es leichter war, seinem Befehl zu gehorchen, als sich ihm zu widersetzen, nahm Cara einen Schluck und fühlte, wie die feurige Flüssigkeit ihr durch die Kehle in den Magen rann.

Die Dunkelheit, von der sie immer noch umgeben war, wurde ein wenig verdrängt, und an der Art, wie der Marquis ihr das Glas an die Lippen hielt, erkannte Cara, daß er sie dazu bewegen wollte, noch ein zweites Mal zu trinken.

Nach einem weiteren Schluck wich das Dunkel um sie her endgültig. Sie vermochte zu sehen, wo sie sich befand und was mit ihr geschehen war.

»Es geht ihr besser«, sagte eine Stimme.

Das Taschentuch wurde von ihrer Stirn genommen, und als sie aufblickte, sah sie den Marquis neben sich stehen.

Es gelang ihr nicht, den Ausdruck in seinen Augen zu deuten, doch an den fest aufeinandergepreßten Lippen und dem vorgereckten Kinn erkannte sie seine

Verärgerung. Sie hatte jedoch das Gefühl, daß nicht sie die Ursache dafür war.

»Noch einen Schluck?« fragte er. Trotz seiner ausdruckslosen Stimme meinte Cara, eine Spur von Mitleid in seinen Worten zu vernehmen.

Sie schüttelte den Kopf.

»N-nein, danke!«

»Dann wollen wir es hinter uns bringen!« drängte der Earl.

Cara wandte den Kopf.

Sie sah, daß er im Mittelgang stand, mit dem Rükken gegen eine Kirchenbank gelehnt. Der Pfarrer, den er mitgebracht hatte, wartete, ein Zeremonienbuch in der Rechten, vor dem Altar.

In den staubbedeckten Reitstiefeln und dem weißen Kollar als einzigem Zeichen seiner klerikalen Würde, wirkte er entsetzlich fehl am Platz.

Doch Cara war sicher, daß ihr Onkel nichts dem Zufall überlassen hatte.

Gültig geweiht war der Mann sicherlich, und die Trauung, die er vornahm, würde legal und bindend sein.

In diesem Augenblick wußte sie, daß sie gescheitert war und es kein Entrinnen mehr für sie gab – obwohl eine Eheschließung unter solchen Umständen eine Farce war und der Heiligkeit des Sakraments Hohn sprach. Doch es gab nichts, was sie noch tun konnte.

Der Marquis schaute sie nicht an, doch er war in den Gang hinausgetreten und wartete dort auf sie.

Unwillkürlich und ohne ausgesprochene Neugier streifte ihr Blick den hinteren Teil der Kapelle, und sie sah in der Tür die knochige Gestalt des Anwalts, der sich dort aufgebaut hatte, um sie am Verlassen und jeden anderen am Betreten des Raumes zu hindern.

Er starrte zu ihr herüber, und sie glaubte den Ausdruck der Schadenfreude über ihre Hilflosigkeit in seinen Augen zu erkennen.

Ihr Onkel trat neben sie und streckte die Hand nach ihr aus. Weil sie es nicht ertragen hätte, von ihm berührt zu werden, hielt sie sich an der Bank vor ihr fest und zog sich auf die Füße.

Dabei spürte sie, wie sich die Wunden auf ihrem Rücken spannten, und nur mit Mühe unterdrückte sie einen Schmerzenslaut.

Dann richtete sie sich kerzengerade auf und strich mit den Fingern der Rechten eine widerspenstige Locke aus der Stirn.

Ohne ihren Onkel eines Blickes zu würdigen, trat sie in den Mittelgang hinaus und stellte sich neben den Marquis.

Er schaute sie nicht an, doch der Geistliche schlug sofort das ledergebundene Buch auf und begann mit der verkürzten Trauungszeremonie.

Er sprach die heiligen Texte in einem leiernden Ton und streckenweise so hastig und nuschelnd, daß Cara kaum ein Wort verstand.

Als er das eigentliche Eheversprechen vorsprach, wurde seine Stimme deutlicher.

»Ich, Ivo Alexander Maximilian, nehme dich, Cara Matilda, zu meiner Ehefrau!«

Der Marquis wiederholte die Worte ruhig und völlig ausdruckslos. Cara hatte das Gefühl, zu träumen.

Dann hörte sie die eigene Stimme sagen:

»Ich, Cara Matilda, nehme dich, Ivo Alexander Maximilian, zu meinem Ehemann!«

Noch während sie sprach, wurde ihr bewußt, daß sie nicht nur um ihre Freiheit, sondern auch um all ihre Träume gebracht worden war.

Obwohl sie geschworen hatte, nie in ihrem Leben zu heiraten, war in einem verlorenen Winkel ihres Herzens ein winziger Rest von Hoffnung lebendig geblieben, eines Tages vielleicht den Mann zu finden, der sich von den Männern, denen sie bisher begegnet war, unterschied wie der Tag von der Nacht.

Doch diese Hoffnung war ihr sinnlos erschienen seit der Zeit, da sie ihren Onkel und bald danach den Unhold, den sie nach seinem Willen heiraten sollte, kennen- und hassengelernt hatte.

Ihr Entsetzen war so groß gewesen, daß sie keinem Mann mehr hatte trauen können. Sie alle waren ihr wie Teufel vorgekommen. Wie grausame Bestien, die sie verfolgten und vor denen sie sich nur durch Flucht retten zu können glaubte.

Die Brutalität ihres Onkels, der Haß, den sie für ihn empfand, und das Entsetzen, das sie erfaßte, als sie Sir Mortimer kennenlernte, hatte in ihr den Entschluß reifen lassen, nie im Leben einem Mann anzugehören.

Eine Ehe kam für sie nicht in Frage.

Es sei denn, daß sie durch ein Wunder, das ihr allerdings höchst unwahrscheinlich erschien, einen Mann fand, dem sie vertrauen und den sie lieben konnte.

Doch nun stand sie vor den Trümmern ihrer Träume und Hoffnungen.

Alles war anders gekommen.

Sie war ihrem Onkel entflohen und hatte geglaubt, frei zu sein. Die heißersehnte Unabhängigkeit vor Augen, war sie in eine Falle geraten, aus der es kein Entrinnen mehr gab. Mit Ketten, die sie niemals wieder abschütteln konnte, war sie nun an den Marquis gefesselt.

»Denn was Gott verbunden hat, soll der Mensch nicht trennen!«

Während der Geistliche diese Worte sprach, glaubte Cara, die Stimme des Jüngsten Gerichts zu hören.

Eine panikartige Angst erfüllte sie. Sie wußte, daß sie den Tatsachen in diesem Moment nicht ins Auge schauen konnte.

Der Gedanke an die Zukunft, die vor ihr lag, kam ihr unerträglich vor. Sie beschloß also, dem Marquis bei der nächsten sich bietenden Gelegenheit genauso davonzulaufen, wie sie ihrem Onkel davongelaufen war.

4

Der Marquis stand an der Tür und schaute dem davonreitenden Earl und seinen Begleitern nach.

Nur eine jahrelang geübte strenge Kontrolle über seine Gefühle hatte ihn davor bewahrt, dem Earl die Faust ins Gesicht zu schlagen und das Lächeln der Genugtuung und des Triumphes darin auszulöschen.

Als sie aus der Kapelle gekommen waren, hatte der Earl in dem höhnischen Tonfall, der den Marquis schon vorher zur Weißglut getrieben hatte, gesagt:

»Ich nehme an, Ihre Gastfreundschaft geht wohl nicht so weit, daß Sie uns zu einem Glas Champagner einladen, damit wir gemeinsam auf diesen bedeutsamen und vielverheißenden Anlaß anstoßen!«

Der Marquis antwortete ihm nicht. Er kümmerte sich auch nicht um Cara, sondern wandte sich einfach ab und ging wortlos in die Halle.

Die drei Männer folgten ihm, aber keiner von ihnen wagte mehr das Wort an ihn zu richten. In der Halle angekommen, wandte sich der Marquis zu ihnen um und blickte sie durchdringend an. In seinen Augen stand die deutliche Aufforderung, umgehend sein Haus zu verlassen.

Einen Moment lang spielte der Earl mit dem Gedanken, den Marquis erneut durch eine verletzende Bemerkung zu provozieren. Doch er hielt es dann für klüger, den Bogen nicht zu überspannen.

Er trat auf die Freitreppe hinaus, stieg die Stufen hinab und kletterte in den Sattel seines völlig erschöpften Tieres.

Der Anwalt und der Reverend folgten ihm, und nebeneinander ritten sie davon.

Der Marquis starrte ihnen nach. In ihm war ein solcher Haß, daß er innerlich zitterte.

Dann, nach einem letzten Blick auf die drei Reiter, die inzwischen die Eichenallee erreicht hatten, wandte er sich ab und rief einen der Reitknechte, die die Pferde der Besucher gehalten hatten und nun im Begriff waren wieder zu den Ställen zu gehen.

»Ben!«

»Ja, M'lord?«

»Sattle Thunderer, und bring ihn mir unverzüglich!«

»Sehr wohl, M'lord!«

Der Marquis hatte das Gefühl, Cara jetzt nicht gegenübertreten zu können. Er ging also nicht mehr ins Haus zurück.

Statt dessen schritt er über den Vorplatz und schlug einen schmalen Weg ein, der zum See hinunterführte.

Die dünne Eisschicht, die die Wasseroberfläche am frühen Morgen bedeckt hatte, war geschmolzen. Einige Schwäne und Enten zogen gemächlich ihre Bahnen.

Eine fahle Sonne sickerte durch die graue Wolkendecke und tauchte das helle Gefieder der Tiere in goldenes Licht.

Der Marquis nahm es nicht wahr. Er hatte jetzt keinen Sinn für die Schönheiten der Natur. Ihn beschäftigte nur eins: die Schmach und Erniedrigung, die sein ärgster Feind ihm zugefügt hatte.

Es war das erste Mal, daß er in einer Auseinandersetzung den kürzeren gezogen hatte.

Dieser Mann hatte ihn regelrecht überrollt. Alles war in einer derartigen Schnelligkeit erfolgt, daß der Marquis seine Niederlage immer noch nicht fassen konnte.

Und doch war es eine Tatsache – unleugbar und nicht wieder rückgängig zu machen. Er war verheiratet. Mit einer Frau, die er in der vergangenen Nacht zum erstenmal gesehen hatte. Und die Umstände ihrer Begegnung waren recht eigenartig und nicht gerade erfreulich gewesen.

»Verheiratet!«

Das Wort dröhnte in seinem Kopf wie ein gewaltiger Gong, und im Augenblilck vermochte er noch nicht zu sagen, wie er mit einer Situation zurechtkommen sollte, die total anders war als alles, was er für die Zukunft geplant hatte.

Er stand da und starrte auf die spiegelnde Oberfläche des Sees, bis er hinter sich Hufschlag vernahm. Er wandte sich um und sah einen seiner prächtigsten Hengste näher kommen, die er in seinen Ställen stehen hatte.

Das Tier war ausgeruht, und der Marquis war sich darüber klar, daß nur die härteste körperliche Herausforderung ihm helfen konnte, über den Aufruhr Herr zu werden, der in seinem Inneren tobte.

Er schwang sich in den Sattel, und ohne ein Wort des Dankes an den Stallknecht galoppierte er davon.

*

Auch Cara hatte ihren Onkel und seine Begleiter das Haus verlassen sehen. Sie ging in die Halle und stieg dann langsam und von Schmerzen gepeinigt die Treppe hinauf.

Sie war so mit ihren quälenden Verletzungen beschäftigt, daß der Gedanke an ihre Hochzeit mit dem Marquis an den Rand ihres Bewußtseins gedrängt war.

Sie hatte nur einen Wunsch: sich hinzulegen und allein zu sein.

Sie war erschöpft, fühlte sich zerschlagen, und ihre Glieder schienen wie mit Blei gefüllt.

Halb ohnmächtig wankte sie zum Bett, ließ sich vorsichtig darauf nieder und schloß die Augen.

Sie hatte den Wunsch zu schlafen. In einen tiefen, ohnmachtsähnlichen Schlaf zu sinken, der sie die Wirklichkeit wenigstens eine Zeitlang vergessen ließ.

*

Stunden später erwachte Cara aus einem Zustand, der zu Beginn einer halben Bewußtlosigkeit geglichen hatte und danach – weil sie nicht den Wunsch verspürte, der Wirklichkeit ins Auge zu sehen – in ein selbtverursachtes Koma übergegangen war.

Sie versuchte sich umzudrehen, und stellte fest, daß die blutigen Striemen auf ihrem Rücken getrocknet und mit dem Laken, auf dem sie lag, verklebt waren. Der Schmerzensschrei, den sie ausstieß, bewirkte, daß eine dunkle Gestalt an ihr Bett trat.

Es war Mrs. Peel, die Wirtschafterin. Im ersten Moment vermochte Cara sich nicht an sie zu erinnern.

»Sind Sie aufgewacht, M'lady?«

»Ja.«

»Ich frage mich, ob Eure Ladyschaft sich kräftig genug fühlen, das Zimmer zu wechseln. Wir haben alles für Sie zurechtgemacht. Ich glaube, ich sollte Ihre Wunden versorgen, bevor Sie sich wieder hinlegen.«

Da es einfacher war, zu gehorchen, als zu widersprechen, nickte Cara und ließ sich von Mrs. Peel in den Südflügel des Hauses bringen.

Sie war zu müde, sich für den Raum zu interessieren, in den die ältere Frau sie führte. Erst später stellte sie fest, daß sie sich im Schlafzimmer der Hausherrin von Broome befand, das zuletzt von der Mutter des Marquis bewohnt worden war.

Doch als sie das prunkvolle Gemach nun zum erstenmal betrat, war sie nicht imstande, darauf zu achten. Sie hatte nur den Wunsch, sich wie ein verwundetes Tier in einem Loch zu verkriechen, wo sie vor allem sicher war, was sie ängstigte und erschreckte.

Das Ausziehen des Kleides war qualvoll, doch der Salbenverband, den Mrs. Peel ihr danach anlegte, eine richtige Wohltat.

Dann brachte man ihr ein Getränk, das nach Milch und Honig schmeckte, doch sie war zu müde, um sich danach zu erkundigen.

Erst als Mrs. Peel ihren Oberkörper ein wenig anhob, sah sie, daß sie in einem riesigen Himmelbett lag mit kunstvoll geschnitzten, vergoldeten Bettpfosten, die einen Baldachin trugen, auf dessen Innenseite sich unter Blumen und grünem Blattwerk lustige Kupidos tummelten.

Aber dies war ein sehr flüchtiger Eindruck, denn

sie hatte nur einen Wunsch, den Kopf in die Kissen sinken zu lassen und die Augen zu schließen.

Aufatmend lauschte sie auf das Geräusch der Vorhänge, die vor die drei hohen Fenster des Raumes gezogen wurden, und auf die leisen Schritte, die sich aus dem Raum entfernten. Allein gelassen, versuchte sie ihr Bewußtsein gegen alles abzuschirmen, was an Fragen und Erinnerungen auf sie einstürmen wollte, und sich nur auf das Einschlafen zu konzentrieren.

*

Der Marquis kehrte erst am späten Nachmittag ins Haus zurück.

Bei seinem Eintreten nahm Newman ihm Hut, Handschuhe und Reitpeitsche ab und dachte dabei, daß sein Herr abgespannt wirkte und daß er älter aussah, als es am Morgen der Fall gewesen war.

Die Dienerschaft platzte natürlich vor Neugier wegen der Vorfälle an diesem Tag. Vor allem fand die Tatsache große Beachtung, daß ihr Herr sich mit einem Geistlichen und einer unbekannten Lady, die in der Nacht zuvor ganz unerwartet auf Broome aufgetaucht war, in der Kapelle aufgehalten hatte.

Mrs. Peel war ein Muster an Diskretion und Verschwiegenheit, aber die Hausmädchen konnten der Versuchung nicht widerstehen, im Gesinderaum zu erzählen, daß die fremde junge Lady kurze Haare hatte und unter dem pelzgefütterten Umhang des Marquis Hosen und ein Eton-Jackett trug.

Spekulationen über die Frage, wer sie sein könne und weshalb sie nach Broome gekommen sei, bildeten das Thema sämtlicher Gespräche unter der Dienerschaft an diesem Tag. Und die Antwort darauf beschäftigte den Messerboy ebenso brennend wie die älteste Küchenmagd.

»Da ist ein Gentleman aus London gekommen, der Eure Lordschaft zu sprechen wünscht«, sagte der Butler voller Ehrerbietung. »Ich habe ihn in die Bilbliothek geführt, M'lord.«

»Aus London?« fragte der Marquis.

Einen Moment lang glaubte er, es wäre Hansketh, doch dann wußte er, daß es noch zu früh war, den Freund zu erwarten.

Sein erster Impuls war, dem Butler zu sagen, daß er niemanden zu sehen wünsche. Doch Konvention und gute Manieren hinderten ihn daran, einen Mann abzuweisen, der den weiten Weg von London nach Broome auf sich genommen hatte.

Also ging er in die Bibliothek, und weil er sich nach einem warmen Bad und etwas zu essen sehnte, hoffte er, der überraschende Besucher würde nicht lange bleiben.

Ein Diener öffnete ihm die Tür, und als der Marquis den Raum betrat, erkannte er zu seinem Erstaunen, daß der Gentleman, der dem Butler offensichtlich nicht seinen Namen genannt hatte, ein Mitglied des Königshauses war.

»Guten Abend, Bingham«, sagte der Marquis. »Entschuldigung, daß ich Sie warten ließ. Aber mit Ihrem Besuch konnte ich wahrhaftig nicht rechnen.«

»Ich hielt es für richtig, Ihnen die Nachricht persönlich zu überbringen«, sagte Bingham. »Seine Majestät ist letzte Nacht um zweiunddreißig Minuten nach acht verschieden.«

»Der König ist tot?« rief der Marquis.

Die Nachricht kam tatsächlich überraschend für ihn,

obgleich der König schon lange Zeit sehr krank gewesen war.

Doch seine Krankheit hatte sich endlos hingezogen, und wie der Prinzregent hatten der Marquis und viele andere Höflinge geglaubt, der König würde niemals sterben.

»Er ist tot«, antwortete Bingham. »Und da heute der Jahrestag der Hinrichtung Charles I. ist, wird die Proklamation der Thronbesteigung des neuen Königs nicht vor Montag erfolgen.«

»Und natürlich wünscht er meine Anwesenheit«, sagte der Marquis in einem Tonfall, als spräche er zu sich selbst.

»Aus diesem Grund kam ich so schnell her, M'lord. Seine Majestät verlangt schon nach Ihnen.«

»Danke, Mister Bingham«, sagte der Marquis. »Und nun lassen Sie mich Ihnen ein Glas Wein anbieten. Oder hätten Sie lieber einen Brandy?«

»Ein Glas Wein, wenn es Ihnen recht ist, Mylord.«

»Sie bleiben natürlich bis morgen«, fuhr der Marquis fort. »Und wir werden in aller Frühe nach London aufbrechen.«

»Je füher, um so besser, Mylord. Seine Majestät ist natürlich zutiefst erschüttert von der Nachricht, und es gibt niemanden, den er in einer solch schwierigen Situation lieber in seiner Nähe hat als Sie, Mylord.«

Der Marquis nahm das Kompliment ungerührt zur Kenntnis. Er wußte, wie gefühlvoll und überschwenglich der neue König sein konnte.

Von jeher hatte er jede schwierige Situation in seinem Leben übertrieben – von der Zeit an, da er sich mit zweiundzwanzig unsterblich in Mrs. Fitzherbert verliebte und entschlossen war, sie zu seiner Frau zu machen.

Seitdem hatte er bei jeder Gelegenheit seine Zuflucht zu Gefühlsausbrüchen und Tränen genommen, um seinen Empfindungen Ausdruck zu verleihen.

Während der Marquis Mr. Bingham ein Glas Champagner eingoß, dachte er, daß die übertriebene Trauer des neuen Königs über den Tod seines Vaters das letzte war, was er sich in diesem besonderen Augenblick wünschte. Und damit erinnerte er sich an Cara.

Was sollte er mit ihr machen, wenn er morgen nach London mußte?

Und mehr noch, wie sollte er seine Freunde von der stattgefundenen Hochzeit in Kenntnis setzen?

Wenn es etwas gab, das der Marquis haßte, dann war es jede Art von Skandal, der mit seiner Person zusammenhing. Dennoch sah er im Augenblick keinen Weg, wie er der Londoner Gesellschaft die Tatsache erklären sollte, daß er geheiratet hatte – und zwar eine Frau, die niemand kannte und von der bisher noch nie jemand etwas gehört oder gesehen hatte.

Er wußte, daß die Kunde von seiner Vermählung in seinen Kreisen genau die gleiche schockierende Wirkung haben würde wie die Kunde vom Tod des Königs.

Doch mochten sich die Gedanken in seinem Kopf auch jagen, nach außenhin blieb er die Ruhe selbst. Nachdem er seinem Besucher den Champagner gereicht hatte, goß er sich mit sicherer Hand ebenfalls ein Glas ein.

Er stellte fest, daß Mr. Bingham nicht trank, sondern ihn abwartend anblickte.

Der Marquis begriff, was der andere von ihm wollte. Er hob das Glas und sagte langsam und deutlich:

»Auf den König. Gott segne ihn.«

»Auf den König!« erwiderte Mr. Bingham und leerte das Glas in einem Zug, als brauchte er dringend eine Stärkung.

Wenig später stieg der Marquis, nachdem er dem Butler Anweisung gegen hatte, Mr. Bingham auf sein Zimmer zu führen, die Treppe hinauf, wandte sich zum Südflügel und ging mit raschen Schritten zu seinem Zimmer. Er wußte, daß sein Diener ihm bereits ein heißes Bad bereitet hatte, und freute sich darauf.

Im Bad konnte er in aller Ruhe über die neue Situation nachdenken, die es ihm unmöglich machte, den geplanten Landaufenthalt noch länger zu genießen.

Er hatte sein Zimmer fast erreicht, als Mrs. Peel auf den Gang hinaustrat.

Als der Marquis sie bemerkte, war ihm klar, daß Cara das Schlafzimmer neben dem seinen bezogen hatte.

Dies hieß also, daß alle im Haus von seiner Vermählung erfahren hatten. Cara wurde nun von allen als seine Ehefrau angesehen, und sie würde in Zukunft im Schlafgemach der Marchioneß schlafen, wie es auf Broome Brauch war.

Sekundenlang wallte ein Gefühl der Verärgerung in ihm auf, weil man seine Anweisungen vorweggenommen hatte und – was noch schlimmer war – Cara in einem Zimmer untergebracht hatte, das seit dem Tod seiner Mutter nie mehr benutzt worden war.

Wenn er seinem Impuls hätte folgen können, wäre Cara sofort aus dem Zimmer ausgezogen und unters Dach oder sonstwohin verbannt worden – jedenfalls in eine Ecke des Hauses, wo er sie nicht zu sehen brauchte.

Mrs. Peel knickste ehrerbietig vor ihm, und seine Selbstdisziplin zwang ihn, ihren Gruß zu erwidern, und dem, was sie sagte, mit ausdruckslosem Gesicht zuzuhören.

»Ihrer Ladyschaft scheint es ein wenig besser zu gehen, M'lord«, sagte sie mit teilnahmsvoller Stimme. »Obwohl ich zunächst der Meinung war, Eure Lordschaft müßten einen Arzt kommen lassen, damit er sich die Wunden auf dem Rücken Ihrer Ladyschaft ansähe, glaube ich nun, daß dies nicht mehr nötig ist.«

Die Haltung des Marquis versteifte sich.

Er war sich bewußt, was geschehen wäre, wenn der Dorfarzt Cara untersucht hätte. Daß die neue Marchioneß von Broome wenige Augenblicke vor ihrer Trauung von jemandem blutig geschlagen wurde, hätte sich nicht länger geheimhalten lassen. Und überall im Land hätte man sich diese Geschichte erzählt und den Mund über ihn zerrissen.

»Ich wünsche nicht, daß irgend jemand etwas von den Verletzungen Ihrer Ladyschaft erfährt. Ich verlasse mich hundertprozentig auf Sie, daß weder im Haus noch außerhalb darüber geredet wird.« Seine Stimme hatte einen herrischen Ton angenommen.

»Ich werde mein Bestes tun, M'lord«, erwiderte Mrs. Peel.

Wieder knickste sie, als der Marquis an ihr vorbei in sein Zimmer ging und die Tür mit einem lauten Knall hinter sich zuschlug.

Mrs. Peel seufzte leise und ging den Gang hinunter zur Treppe.

Der Marquis wäre überrascht gewesen, wenn er gewußt hätte, wie bekümmert seine Wirtschafterin über seine Heirat war. Alles war so eigenartig und unerwartet gewesen. Und die junge Lady, die er zu seiner Gemahlin gemacht hatte, war nicht nur in einer empörenden Art und Weise mißhandelt worden, sie schien auch nicht der Typ von Lady zu sein, die sie gern als Gemahlin des Marquis begrüßt hätte.

»Kurze Haare und Hosen«, murmelte Mrs. Peel vor sich hin und schüttelte verständnislos den Kopf. »Wohin sind wir gekommen, frage ich mich?«

*

Der Marquis und Mr. Bingham dinierten zusammen und unterhielten sich diskret über die zukünftige Entwicklung bei Hof. Wie mochte der Prinzregent sich verhalten, nachdem er so viele Jahre auf den Thron gewartet hatte?

»Ich kann nur hoffen, Mr. Bingham«, sagte der Marquis, »daß Seine Majestät im Gegensatz zum Premierminister und zur Regierung auf meine beharrlich vorgebrachten Forderungen eingeht und einige dringend notwendige Reformen einleitet, bevor es zu spät ist.«

Mr. Bingham, der ein kluger, intelligenter Mann war, schüttelte den Kopf.

»Die Lage im Norden spitzt sich immer mehr zu, Mylord«, erwiderte er. »Doch unglücklicherweise scheinen alle maßgebenden Leute der Meinung zu sein, wenn sie keine Notiz von den Vorgängen nähmen, würde sich die Bedrohung, die auf uns zu kommt, in Luft auflösen.«

Die Lippen des Marquis verengten sich zu einem schmalen Strich.

Es war ihm bekannt, daß die Maßnahmen, die unter der Bezeichnung »Six Acts« bekannt waren und dazu dienen sollten, die Aktivitäten der Aufständischen zu entschärfen, die Lage nur noch verschlimmert hatten.

Und er glaubte auch, daß briefliche Äußerungen wie die des Duke von Cambridge, es bedürfe äußerster

Härte und Unnachgiebigkeit, um das Land vor dem unheilvollen Geist der Revolution zu schützen, leeres Gerede waren – auch wenn der Schreiber der Zeilen von ihrer Richtigkeit überzeugt war. Ein Herunterspielen half nicht. Große Worte reichten nicht mehr aus. Sie waren warme Luft. Das Volk wollte Taten sehen, und diese so rasch und wirkungsvoll wie möglich.

Oft genug hatte er dies dem Prinzregenten in aller Deutlichkeit klargemacht. Hatte ihn beschworen, alles in seiner Kraft Stehende zu tun, um ein Losbrechen der gefährlichen Lawine zu verhindern. Und Seine Königliche Hoheit hatte die Notwendigkeit durchgreifender Maßnahmen schließlich erkannt, als sich eine riesige Volksmenge vor der Tür des Carlton House versammelt und ihn mit Buhrufen empfangen und ausgezischt hatte.

Lady Hertford, seine letzte Geliebte, hatte man vor seinen Augen aus der Kutsche gezerrt, und erst die Polizei konnte sie aus der Gewalt der empörten Menge befreien.

»Was wir brauchen«, fuhr der Marquis laut fort, »sind preiswerte Nahrungsmittel, höhere Löhne und einen Mann, der dem arbeitenden Volk das Gefühl gibt, daß er es versteht.«

»Ich bin sicher, Seine Majestät wird die Notwendigkeit einer Reform einsehen, wenn Eure Lordschaft es ihm nur eindringlich genug klarmachen«, erwiderte Mr. Bingham.

Der Marquis gab darauf kein Antwort. Er wußte, der neue Monarch hatte genug eigene Probleme, die dringend einer Lösung bedurften.

Eins der größten war das Benehmen seiner Gamahlin, Prinzessin Caroline, in der Öffentlichkeit. Der

Marquis ahnte, wie sehr Seine Hoheit darunter litt und wie wenig ihm der Sinn danach stand, sich auf die Probleme seiner Untertanen zu konzentrieren.

Je mehr er über die unglückliche Ehe des zukünftigen Königs nachdachte, um so intensiver mußte er an Cara denken, die oben im Schlafgemach der Marchioneß von Broome lag und schlief.

Würde es ihm ebenso ergehen wie Seiner Majestät?

Seit ihrer Ankunft aus Braunschweig im Jahr 1814 hatte Prinzessin Caroline einen Skandal nach dem anderen in Europa heraufbeschworen.

Sie hatte ihre Diener und Kammerherren in eine neue Livrée gesteckt: in geschmacklos bestickte Jacketts, knallbunte Hosen und Kopfbedeckungen, die mit langen Federn geschmückt waren.

In Genua war sie auf einem Ball nur mit Spitzen bekleidet erschienen – und von der Taille an mit noch weniger als Spitzen.

In Baden-Baden war sie während einer Opernaufführung laut singend und lachend in die Loge der verwitweten Markgräfin eingedrungen, auf dem Kopf einen Trachtenhut der einheimischen Bevölkerung, den sie mit brennenden Kerzen und flatternden Bändern geschmückt hatte.

In Genua fuhr sie in einem glitzernden, mit Perlmutt ausgelegten Phaeton durch die Straßen, wie ein Kind in Pink und Weiß gekleidet, wobei sie einen ausladenden Busen und zwei stramme, in pinkfarbenen Stulpenstiefeln steckende Beine zeigte.

In Neapel, so wurde behauptet, habe sie die Unverfrorenheit besessen, mit nackten Brüsten und Armen auf einer Tanzveranstaltung aufzutauchen.

Auch in Athen hatte man sie des öfteren halbnackt gesehen. Dort hatte sie sogar in diesem Aufzug mit ihren Dienern getanzt.

Diese skandalösen, empörenden Handlungen gingen dem Marquis durch den Kopf, und im Geiste sah er sich voller Entsetzen von seiner eigenen Frau auf ähnliche Weise bloßgestellt.

Unwillkürlich kam ihm der Ausspruch von Lady Bessborough ins Gedächtnis, die einmal zu ihm gesagt hatte:

»Ich kann Ihnen nicht sagen, wie sehr ich mich geschämt habe, eine Engländerin zu sein, als ich einmal gezwungen war, mit Prinzessin Caroline an einem Ball teilzunehmen.«

Würde ihm mit Cara einmal das gleiche passieren?

Obwohl er selten darüber sprach, war der Marquis außergewöhnlich stolz auf seine ererbte Würde und die glorreiche Vergangenheit seiner Familie.

Seine Ahnen waren bedeutende Persönlichkeiten in der Geschichte Englands, denn die Broomleys, wie sein Familienname lautete, hatten überall ihren Mann gestanden. Nicht nur bei Hof im Dienste zahlreicher Monarchen, sondern auch auf allen bekannten und berühmten Schlachtfeldern, gleich ob zu Land oder zur See.

Er selbst hatte sich stets bemüht, nie etwas zu tun, was über den Namen seines Geschlechtes Schande bringen oder das Wappen, das in die Eingangstür von Broome geschnitzt war und auch seine Kutschen in London zierte, beflecken konnte.

Um die Erregung zu beschwichtigen, die er in sich aufsteigen fühlte, sagte er sich, daß Cara trotz der unschicklichen Aufmachung und der kurzgeschnittenen Haare doch noch ein Kind sei, verglichen mit der unförmigen und total überspannten Prinzessin.

Es wäre doch gelacht, wenn es ihm nicht gelingen sollte, ein achtzehnjähriges Mädchen zu zähmen und es dahin zu bringen, daß es ihm gehorchte und sich seinem Willen beugte.

Schließlich habe ich in der Armee das Kommando über mehrere Kompanien gehabt! tröstete er sich.

Doch ein Rest an Unsicherheit blieb, und er wurde das unbehagliche Gefühl nicht los, daß eine Frau, gleichgültig, wie alt sie war, schwieriger zu leiten wäre als eine ganze Division Soldaten, die es ja gewöhnt waren, Befehle zu empfangen und auszuführen.

Er setzte die Unterhaltung mit Mr. Bingham fort, und als der Höfling sich schließlich zurückzog, weil er am nächsten Tag so ausgeruht wie möglich sein wollte, da ihn in London eine ganze Reihe von Pflichten erwarteten, sagte sich der Marquis, daß er Cara von der Änderung seiner Pläne, die plötzlich notwendig geworden war, unbedingt in Kenntnis setzen mußte.

Er nahm an, daß sie am folgenden Tag noch nicht in der Lage sein würde, mit ihm nach London zu reisen. Andererseits war ihm nicht wohl bei dem Gedanken, sie auf Broome lange allein zu lassen.

Obwohl es für ihn in London nicht einfach sein würde, hielt er es für das beste, sie in seiner Nähe zu haben, damit er über ihre Schritte und Pläne stets im Bilde war.

Sie ist meine Frau, sagte er sich, und je eher ich ihr zu verstehen gebe, daß ich keine Dummheiten wünsche, um so besser für beide Seiten.

Nachdem er Mr. Bingham gute Nacht gesagt hatte, ging er den Gang hinunter zu seinem Schlafzimmer.

Unten in der Halle hatte er noch einen Blick auf die

große Standuhr geworfen und festgestellt, daß es noch keine zehn war.

Eigentlich konnte er es noch verantworten, bei Cara hineinzuschauen. Zu spät dazu war es nicht.

Eins war ein Segen. Wenn der König nicht vor Montag gekrönt wurde, brauchte er seine Vermählung mit Cara nicht vorher bekanntzugeben und konnte auf diese Weise noch einen Aufschub für sich gewinnen.

Ich werde mit meiner Entscheidung in jedem Falle warten, bis ich in London bin, weil die Dinge von dort aus besser zu überschauen sind, dachte der Marquis.

Er erreichte die Tür, die in Caras Schlafgemach führte, und blieb zögernd stehen.

Es war wohl angebrachter, wenn er nicht vom Gang aus ihr Zimmer betrat, sondern die Verbindungstür benutzte, die von seinem Schlafzimmer aus in ein kleines Boudoir führte, das direkt neben dem Zimmer der Marchioneß lag.

Das Boudoir war der Raum, in dem seine Mutter sich am liebsten aufgehalten hatte. Es war sehr feminin eingerichtet und enthielt all die Dinge, die die verstorbene Marchioneß besonders geliebt hatte: Bilder ihres Sohnes und ihrer Töchter, als diese noch Kinder gewesen waren, ein Portrait ihres Mannes, einige entzückende Gemälde französischer Künstler, die bewiesen, daß ihr Geschmack genausogut gewesen war wie sein eigener.

Er betrat das Boudoir von seinem Schlafzimmer aus, nachdem er seinem Diener die Anweisung gegeben hatte, unverzüglich mit dem Packen zu beginnen.

Während er den stilvollen, behaglichen kleinen

Raum durchquerte, empfand er ein Gefühl des Bedauerns, daß dieser nun wieder benutzt werden würde. Von einer Frau, die er nicht gewollt und die er sich nicht ausgesucht hatte.

Er sagte sich, daß es von großer Wichtigkeit sei, gleich zu Beginn seiner Beziehung zu Cara klare Fakten zu schaffen. Es durfte keine Sekunde lang zwischen ihnen einen Zweifel daran geben, wer der Herr war, und daß sie sich so zu verhalten hatte, wie er es von seiner Ehefrau erwartete.

Der Marquis legte äußersten Wert darauf, daß auf Broome stets alles zur sofortigen Benutzung bereit stand, und so war auch das Boudoir, obwohl er es seit seiner Ankunft noch nicht betreten hatte, mit Blumen geschmückt und von mehreren brennenden Kerzen erleuchtet.

Letzteres war immer der Fall, wenn er sich im Haus befand, und obwohl er die Verbindungstür zwischen dem Boudoir und seinem Schlafzimmer niemals öffnete, stellte er mit Befriedigung fest, daß seine Befehle gewissenhaft ausgeführt wurden und er für den Fall, daß er einmal die Lust dazu verspürte, alles in der gewünschten Weise vorfinden würde.

Seine Augen verdunkelten sich, als ihm beim Durchqueren des Raumes der Gedanke durch den Kopf ging, daß Blumen und Kerzen in Zukunft nicht mehr dem Andenken der Mutter, sondern der Anwesenheit seiner unerwünschten Ehefrau galten.

Bewußt vermied er es, einen Blick auf das Bildnis seines Vaters über dem Kamin zu werfen, oder auf die wundervolle Darstellung seiner Mutter an der gegenüberliegenden Wand. Das Bild der Mutter entstammte der Hand Sir Joshua Reynolds' und galt als erlesenes Kunstwerk.

Rasch näherte er sich der Tür, die ins angrenzende Schlafzimmer führte.

Einen Moment lang empfand er so etwas wie Abscheu und Ablehnung gegenüber der Frau, die ihm seine über alles geliebte Freiheit genommen hatte, als er die Türklinke berührte.

Dann sagte er sich, daß sie eigentlich nichts dazu konnte und daß es unfair war, ihr die gesamte Schuld an den Vorgängen zu geben.

Er drehte den Griff und stellte fest, daß die Tür verschlossen war. Er versuchte es ein zweites Mal, um sicher zu sein, daß er sich nicht täuschte.

Da er nicht glauben mochte, daß Cara ihn vorsätzlich ausgesperrt hatte, nahm er ein dummes Versehen oder eine Unachtsamkeit des Dienstmädchens beim Reinemachen an.

Er überlegte, ob er versuchen sollte, vom Gang aus in Caras Schlafgemach zu gelangen, entschied sich dann aber dafür, anzuklopfen.

Er hob die Hand und pochte mit dem Fingerknöchel an die Holzverkleidung. Da er nicht wünschte, daß sein Diener nebenan etwas mitbekam, bemühte er sich, leise zu klopfen, jedoch laut genug, um auf der anderen Seite gehört zu werden.

Schweigen

Nichts rührte sich im Gemach der Marchioneß.

Noch einmal klopfte der Marquis.

»Cara!«

Einen Moment lang glaubte er, sie hätte ihn nicht gehört, doch dann erwiderte sie:

»Was ist?«

»Ich muß mit dir sprechen. Mach die Tür auf!«

Schweigen. Kürzer als zuvor.

Dann leise, aber bestimmt:

»Nein.«

»Es ist wichtig, daß ich mit dir rede!« beharrte der Marquis.

Kein Antwort.

Vielleicht ist sie dabei aufzustehen und kommt zur Tür, dachte er.

Tatsächlich, so war es. Ihre Stimme klang näher, als sie wieder sprach.

»Warum wollen Sie mit mir reden?« fragte sie.

»Meine Pläne haben sich geändert. Es ist notwendig, daß ich dir das erkläre.«

»Sie können es mir durch die Tür sagen!«

Der Marquis spürte Verärgerung in sich aufsteigen.

»Hör auf, dich lächerlich zu machen«, entgegnete er scharf.

»Ich kann mich nicht mit dir durch eine verschlossene Tür unterhalten.«

»Warum nicht?«

»Weil es völlig blödsinnig und auch unnötig ist.«

»Ich bin schon zu Bett gegangen und – möchte schlafen.«

»Das verstehe ich.« Der Marquis zwang sich zur Geduld. »Aber ich möchte noch mit dir sprechen. Ich bin dein Mann.«

»Das weiß ich. Aber ich habe nicht den Wunsch, zu dieser späten Stunde noch mit Ihnen zu sprechen.«

»Es mag spät sein«, räumte der Marquis ein. »Aber am frühen Abend hat man mir gesagt, du würdest schlafen, und ich fahre morgen schon in aller Frühe nach London.«

Er nahm an, sie dachte über seine Worte nach.

Doch als sich jenseits der Tür nichts tat, befahl er:

»Öffne die Tür, Cara! Ich möchte dir mitteilen, was geschehen ist.«

»Nein!«

Das Wort hatte einen endgültigen Klang.

Der Marquis widerstand dem Impuls, sich mit der Schulter gegen die Tür zu werfen und sie aufzusprengen.

»Ich bestehe darauf, daß du tust, was ich von dir verlange«, sagte er. »Es ist wichtig, daß du weißt, weshalb ich nach London reise.«

»Sie können mir eine Nachricht hinterlassen«, antwortete Cara. »Es sei denn, Sie wünschen, daß ich mit Ihnen fahre. Aber ich glaube nicht, daß ich mich dazu schon wohl genug fühle.«

»Nein, das wollte ich dir auch nicht vorschlagen«, erwiderte der Marquis. »Aber es wäre notwendig, daß du in ein oder zwei Tagen nachkommen würdest.«

»Gut«, antwortete Cara. »Wenn ich mich besser fühle, werde ich versuchen, Ihre Anweisungen zu befolgen.«

Der Marquis hörte, daß ihre Worte während des Sprechens immer leiser wurden, und er wußte, daß sie zu ihrem Bett zurückkehrte.

Er konnte es kaum glauben, daß sie ihm ganz offensichtlich den Gehorsam verweigerte und seine Bitte mißachtete.

Einen Moment später hörte er ihre Stimme vom Bett her: »Gute Nacht, Mylord!«, und er wußte, daß sie ihre Unterhaltung – falls dies der richtige Ausdruck für die seltsame Kommunikation durch die Zimmertür war – als beendet ansah.

*

Mrs. Peel brachte Cara das Frühstück am nächsten Morgen erst Stunden nach der Abfahrt des Marquis nach London.

An einer der mit einem Deckel versehenen Silberschüsseln lehnte ein Briefumschlag, auf dem in steilen, kraftvollen Buchstaben Caras Name stand.

Sofort kam ihr der Gedanke, daß sie diese Handschrift, gleichgültig, wo sie ihrer ansichtig geworden wäre, als die Handschrift des Marquis erkannt hätte.

Sie ist charakteristisch für ihn, dachte sie, die Handschrift einer autoritären, willensstarken und in einer gewissen Art auch bedrückenden Persönlichkeit.

Da sie annahm, es würde ihn verstimmen, wenn er es erführe, frühstückte sie, bevor sie sein Schreiben öffnete.

Sie fühlte sich bedeutend wohler als am Abend zuvor und ließ sich die gebratenen Eier und die frische Landbutter von den Jersey-Kühen des Marquis munden. Brot und Butter bestrich sie mit hausgemachter Quittenmarmelade, einer Spezialität der Broomeschen Vorratskammer.

Erst nachdem sie fast das ganze Tablett geleert hatte, nahm sie den Brief des Marquis in die Hand und öffnete ihn.

Er begann ohne Anrede.

Seine Majestät, König George III., verstarb Samstag abend. Die Krönung des neuen Königs findet heute statt, und dazu ist meine Anwesenheit erforderlich. Ich fahre deshalb nach London und wohne im Broome House an der Park Lane.

Wenn du dich wieder wohlfühlst, schlage ich vor,

daß du morgen oder spätestens übermorgen nachkommst. Abgesehen von der Tatsache, daß ich es für richtig halte, daß du zugegen bist, wenn ich unsere Vermählung bekanntgebe, wirst du Kleider benötigen, und die lassen sich nur in London besorgen.

Wenn du Mr. Curtis, dem Hausverwalter, Bescheid sagst, an welchem Tag du zu reisen gedenkst, wird er alle notwendigen Vorbereitungen für die Reise treffen und auch für ein Mädchen sorgen, das dich begleitet.

J. B.

Der Marquis hatte den Brief nicht unterschrieben, sondern nur die verschlungenen Initialen seines Namens unter seine Zeilen gesetzt.

Cara las, was er geschrieben hatte, und sie las es ein zweites Mal.

Die Nachricht vom Tod des Königs bewegte sie. Und sie dachte, daß der Prinzregent, der so lange auf die Nachfolge gewartet hatte, sicher sehr glücklich und erregt darüber war, endlich am Ziel zu sein und die Macht zu besitzen, die er stets angestrebt hatte.

»Wenn ich König wäre, würde ich die Ehe abschaffen!« murmelte Cara und dachte dabei an sich.

Dann fiel ihr ein, daß der König auch verheiratet war, und zwar mit einer Frau, die ihn durch ihr Benehmen immer wieder bloßstellte und zum Gelächter nicht nur in England, sondern in ganz Europa machte.

Einige Freunde ihres Onkels waren Prinzessin Caroline im Ausland begegnet, und sie hatten etliches von ihr berichtet – meist unter schallendem Gelächter und mit verächtlichen Bemerkungen, die nach Caras Meinung nicht nur eine Beleidigung für den Prinzen, sondern für das ganze englische Volk waren.

»Ich wünschte, du hättest sie sehen können, Lionel«, hatte einer der Gentlemen gesagt. »Es war unvorstellbar. Nachdem ihre englischen Diener gegangen waren besetzte sie deren Plätze mit französischen Zimmermädchen und Köchen, arabischen Pagen, österreichischen Postillions und italienischen Lakaien.«

»Guter Gott!« stieß der Earl hervor. »Das darf doch nicht wahr sein!«

»Ihre Arroganz und Unverschämtheit spotten jeder Beschreibung«, erwiderte der Freund des Earls. »Sie benahmen sich wie eine Horde von Freibeutern und Piraten.«

»Ich will hoffen, Seine Königliche Hoheit weiß davon.« Der Earl wieherte vor Vergnügen.

»Du kannst sicher sein, irgend jemand wird es ihm schon gesteckt haben«, entgegnete der Freund. »Ich hörte, er habe geflucht wie ein Landsknecht, als er erfuhr, daß seine Frau auf einem Esel in Jerusalem eingezogen ist.«

Ihre Reden hatten Cara die Schamröte ins Gesicht getrieben, und sie war sich erniedrigt und gedemütigt vorgekommen wie der Prinzregent selbst.

Bald erfuhr sie dann, daß ihr Onkel den Prinzregenten haßte und daß er regelrecht aus dem Häuschen geriet, wenn er etwas Abträgliches und Beschämendes über Prinzessin Caroline erfuhr.

Der Gedanke durchzuckte sie, daß der Marquis fürchtete, er könnte mit seiner Frau Ähnliches erleben, da sie die Nichte ihres Onkels war.

»Ich hasse ihn, weil er mein Mann ist«, sagte sie vor sich hin. »Andererseits würden Papa und Mama von mir erwarten, daß ich mich wie eine Lady benehme, gleichgültig, was ich von ihm und Onkel Lionel halte.«

Da sie immer noch Schmerzen hatte, kam sie zu dem Entschluß, mit der Reise nach London zu warten, bis sie sich kräftiger und besser fühlte. Im übrigen drängte sie nichts zu einem Wiedersehen mit dem Marquis.

Doch der Gerechtigkeit halber gab sie bei sich selbst zu, daß er sich über die Heirat mit ihr genauso ärgern mußte und genauso entsetzt war wie sie über die Heirat mit ihm.

Ihr Onkel hatte sich nie über den Marquis und dessen Pferde lustig gemacht, ihn als berühmten Gestüts- und Rennstallbesitzer immer bewundert und akzeptiert. Doch Cara war dabei nie auf die Idee gekommen, daß der Marquis sich charakterlich so sehr von dem Earl unterscheiden könnte.

Ja, der Marquis war eine Persönlichkeit von Format, gleichzeitig jedoch war er ein Mann, und sie hatte nicht den Wunsch, einen Mann zu heiraten – keinen! Auch den Marquis nicht! Und deshalb kreisten ihre Gedanken ausschließlich um die Frage, wie man die Ehe mit ihm wieder annullieren könnte.

Falls sich das jedoch als unmöglich herausstellen sollte, mußte sie versuchen, ihm davonzulaufen. Sie brauchte ihre Unabhängigkeit, wollte sie sie selbst sein und keinem Mann angehören.

Flucht!

Cara wußte, daß es nicht einfach sein würde, von Broome fortzulaufen. Die Schwierigkeiten im Haus des Marquis waren fast noch größer als die im Hause des Onkels. Cara erhielt im Laufe des Tages einen Vorgeschmack davon. Voller Zorn und Entrüstung stellte sie fest, daß der Marquis sie sorgfältig bewachen ließ und alle möglichen Sicherheitsvorkehrungen getroffen hatte, um sie an einer Flucht zu hindern.

Er schien zu ahnen, daß sie an der gesellschaftlichen Stellung, die sie durch die Heirat mit ihm erlangt hatte, nicht interessiert war und immer noch daran dachte, zu ihrer Freundin nach Frankreich zu fliehen oder auf andere Weise zu verschwinden.

Sie fragte sich nicht, warum sie glaubte, daß der Marquis dies von ihr annahm. Ihr Gefühl sagte ihr, daß es so war. Weshalb sonst hätte er sie so streng von der Dienerschaft bewachen lassen?

Keiner ihrer Bewacher gab natürlich zu, daß er den Auftrag hatte, sie nicht aus den Augen zu lassen. Im Gegenteil: Alle, die sie fragte, hatten für ihr Verhalten eine plausible Erklärung.

»Es könnte doch sein, daß Sie in der Nacht irgend etwas brauchen M'lady«, sagte Mrs. Peel. »Deshalb habe ich Robinson aufgetragen, nebenan in Ihrem Ankleidezimmer zu schlafen. Sie brauchen also nur zu rufen, falls sie etwas benötigen oder sich nicht wohlfühlen. Robinson wird unverzüglich zur Stelle sein.«

»Danke«, sagte Cara. Aber niemand mußte ihr den eigentlichen Gund dafür nennen, weshalb Robinson, ein älteres Hausmädchen, unverzüglich zur Stelle sein würde.

Am dritten Tag beschloß sie, zum Marquis nach London zu fahren, und sie war nicht im mindesten überrascht, als sie in die Halle kam und erfuhr, daß nicht nur Robinson, sondern auch Mr. Curtis sie auf der Reise begleiten würden.

Er nahm neben ihr auf dem Rücksitz der Kutsche Platz, während sich Robinson, die wie eine Zofe einen schwarzen Hut und ein schwarzes Cape trug, auf dem Sitz gegenüber niederließ.

Mrs. Peel hatte ein hochelegantes Reisekleid für

Cara ausgesucht. Es stand ihr ausgezeichnet, was auch für den pelzgefütterten Mantel und den dazu passenden Muff galt.

»Wer hat denn solch hübsche Sachen hier vergessen?« fragte Cara Mrs. Peel.

»Sie gehören der jüngeren Schwester Seiner Lordschaft, die zur Zeit im Ausland weilt und dort keinen Pelz benötigt, M'lady. Ich bin sicher, sie hat nichts dagegen, daß Eure Ladyschaft ihre Garderobe ausleiht. Sobald Sie aus London zurück sind, werde ich wieder alles sorgfältig mit Mottenkugeln versehen und weghängen.«

Niemand erwähnte das Eton-Jackett, in dem Cara auf Broome eingetroffen war, und sie wagte es auch nicht, Mrs. Peel danach zu fragen.

Der Hut, den Mrs. Peel für sie bestimmt hatte, war nicht so elegant wie die Hüte, die Cara in London gesehen hatte, doch er war ganz nett, und sie sah nicht übel darin aus.

Die Schneiderin, die im Haus arbeitete, hatte ihn mit einigen Straußenfedern verziert, um ihn für die neue Marchioneß von Broome etwas aufzuwerten.

Weil sie ihre Neugier nicht bezähmen konnte, fragte Cara die Wirtschafterin vor der Abfahrt:

»Woher wissen Sie, daß Seine Lordschaft und ich geheiratet haben? Hat er es Ihnen gesagt?«

Sekundenlang rang Mrs. Peel nach Fassung, dann sagte sie:

»Eure Ladyschaft müssen sich vor Augen halten, daß in diesem Haus nur wenig geschieht, was Mister Newman oder mir verborgen bleibt.«

»Ich nehme an, das ist in jedem großen Haus der Fall«, sagte Cara und lächelte.

Die Art, wie Mrs. Peel den Butler erwähnte, ließ vermuten, daß jedes Wort, das ihr Onkel im Frühstückszimmer gesprochen hatte, mitgehört worden war.

Und die Tatsache, daß sie, der Marquis und die drei Besucher gleich danach die Kapelle aufgesucht hatten, mußte der Dienerschaft bestätigt haben, daß das, was sie mitbekommen hatte, richtig gewesen war.

Erst in London erfuhr Cara davon, daß der Marquis, als er am Morgen einen Blick in die Zeitung warf, eine Feststellung machte, die ihn vor Zorn erzittern ließ.

In der Gazette las er die Bekanntmachung ihrer Hochzeit.

Der Earl, entschlossen, seinen Triumph bis zur Neige auszukosten und auch in diesem Punkt das letzte Wort zu haben, hatte ihm aufs neue das Gesetz des Handelns aus der Hand genommen.

Innerlich aufgewühlt und außer sich vor Zorn, hatte der Marquis sich dann nach Carlton House begeben und stand nun mit dem neuen König, den Königlichen Herzögen und Prinz Leopold auf der Freitreppe in der kalten Winterluft. Sie lauschten dem bejahrten Garter King of Arms, der mit langsamer, zitternder Stimme die traditionelle Thronbesteigungsformel vorlas.

Am folgenden Tag hatte der König eine Lungenentzündung, und ein Bulletin verkündete, daß Seine Majestät ernstlich erkrankt sei.

Bei einem Besuch auf Carlton House erfuhr der Marquis, daß der König an Schlaflosigkeit litt, über Herzrasen, Schmerzen in der Brust und starke Atembeschwerden klagte.

Am Donnerstag hatte sich sein Zustand derart verschlechtert, daß man schon mit seinem Ableben rechnete und alle in seiner Umgebung nur noch zu flüstern wagten und auf Zehenspitzen durchs Haus gingen.

Prinzessin Lieven, die bei solchen Gelegenheiten nie ihre Zunge im Zaum zu halten vermochte, meinte zum Marquis:

»Es wäre eine Katastrophe, wenn er sterben müßte. Selbst Shakespeare würde – wäre er noch am Leben – vor einer solchen Tragödie erblassen. Vater und Sohn sind ja schon oft zur gleichen Zeit zu Grab getragen worden – aber zwei Könige? Ich hoffe, Seine Majestät bekriegt sich und kommt wieder auf die Beine.«

»Das hoffe ich auch!« stimmte der Marquis ihr zu, während er sich die Frage stellte, ob die Königin sich um die Regentschaft bemühen würde, falls es doch noch zum Letzten käme.

Die Vorstellung war so entsetzlich, daß sich seine Abneigung gegen Cara unwillkürlich verstärkte, als man ihm bei seiner Rückkehr ins Broome House ihre Ankunft meldete.

Da er sie ständig mit Königin Caroline zusammenbrachte, stellte er sie sich in Gedanken bereits als großbusig, rotgesichtig und unförmig vor.

Und als er den Salon betrat, wo sie nach Auskunft der Diener auf ihn wartet, war er bei ihrem Anblick einen Moment lang recht, recht konsterniert.

Während er auf sie zuging, erhob sie sich aus dem Sessel, in dem sie gesessen hatte. Der Marquis sah, wie zierlich sie war und wie der kurzgeschnittene blonde Pagenkopf golden in der Sonne schimmerte.

Ihre Augen erschienen ihm unnatürlich groß. Sie wirkten kein bißchen aggressiv, und die leichte Schrägstellung gab ihr ein apartes und zugleich exotisches Aussehen.

Sie knickste.

Der Marquis machte eine förmliche Verbeugung, dann musterte er sie eingehend. Dabei stellte er voller Erstaunen und mit einer Spur von Erschrecken fest, daß sie Angst vor ihm hatte.

5

Frauen hatten den Marquis schon auf die verschiedenste Weise angeschaut: voller Liebe, voller Verlangen, eifersüchtig, wütend und vorwurfsvoll. Doch er konnte sich nicht erinnern, daß ihn jemals eine Frau mit dem Ausdruck nackter, physischer Angst in den Augen angeblickt hätte.

Zum erstenmal seit seiner Trauung dachte er nicht an seine eigenen verletzten Gefühle, sondern an die von Cara. Er sagte sich, daß eine Mißhandlung, wie Cara sie durch ihren Onkel erfahren hatte, jede junge Frau erschreckt und ihr Furcht vor den Männern eingejagt haben würde.

Ohne große Schwierigkeit gelang es ihm, sie anzulächeln. Es war ein Lächeln, das die meisten Frauen unwiderstehlich gefunden hätten.

»Geht es dir besser?« erkundigte er sich mitfühlend.

»Ja, danke«, antwortete Cara. »Ich habe gewartet, bis ich mich kräftig genug für die Reise fühlte.«

»Das war vernünftig«, sagte der Marquis. »Aber nun, da du hier bist, gibt es einige wichtige Dinge, über die wir unbedingt sprechen sollten. Ich schlage vor, wir setzen uns dazu.«

Er beobachtete, daß Cara sich sehr vorsichtig niederließ. Ihr Rücken schien immer noch zu schmerzen, und ihre Haltung verriet immer noch eine gewisse

Steifheit. Sie benutzte nur die Kante des Sessels, saß gerade aufgerichtet und hatte die Hände im Schoß gefaltet.

Nachdem er ihr gegenüber Platz genommen hatte und sie genauer betrachtete, bemerkte er, daß der Ausdruck ihrer eigenartigen Augen immer noch voller Mißtrauen und Skepsis war. Und auf dem Grund dieser grüngoldenen, kleinen Seen lag immer noch so etwas wie Angst.

Der Marquis hatte das Gespräch mit einem Bericht über den König und über die Schwierigkeiten, die sich aus seiner Krankheit ergaben, beginnen wollen.

Doch seine Neugier war erwacht, und so fragte er statt dessen:

»Hat dein Onkel dich schon öfter geschlagen?«

Cara blickte zur Seite. Eine fast unmerkliche Röte färbte ihre Wangen, als hätte die Frage sie verlegen gemacht.

»Immer, wenn er sich über mich geärgert hat«, erwiderte sie dann leise.

»Es ist empörend, daß er dich so behandelt hat!« stieß der Marquis heftig hervor.

»Er haßt mich, weil er Papa haßte!« sagte Cara schlicht.

»Und warum haßte er deinen Vater?«

Es entstand eine kleine Pause, bevor sie antwortete:

»Mein Vater war der Älteste, und Onkel Lionel, glaube ich, muß schrecklich eifersüchtig auf Papas Stellung gewesen sein. Von der Zeit an, da er begriff, was diese Stellung bedeutete.«

Der Marquis schwieg, und nach einer Weile fuhr Cara fort:

»Papa war in jeder Beziehung anders als sein Bruder. Er war fair, mutig, freundlich, und jedermann mochte ihn. So wie jeder Onkel Lionel haßte.«

In ihrer Stimme klang eine jähe Heftigkeit mit, die dem Marquis sehr deutlich zeigte, was sie dem Earl gegenüber empfand.

»Vielleicht wäre es leichter für uns beide«, sagte er, »wenn du mir etwas mehr über deine Familie erzähltest. Vor allem möchte ich wissen, wie dein Onkel zu deinem Vormund wurde. Ich nehme an, nicht nur dein Vater, sondern auch deine Mutter ist tot.«

Cara nickte.

»Mama starb im letzten Jahr.«

»Und dein Vater?«

»Er starb vor fünf Jahren. Zwei Tage, bevor er den Titel meines Großvaters geerbt hätte.«

Während sie sprach, klang ihre Stimme so gepreßt, daß der Marquis sie forschend ansah. Und als sie stockte, meinte er.

»Ich habe das Gefühl, daß ein Geheimnis den Tod deines Vaters umgibt.«

Cara streifte ihn mit einem raschen Blick. Sie schien erstaunt, weil er sofort den richtigen Gedanken gehabt hatte.

Als sie nicht antwortete, sagte der Marquis:

»Ich glaube, Cara, wenn wir versuchen wollen, unserer sonderbaren Heirat ein wenig ihre Befremdlichkeit zu nehmen, ist es für uns unerläßlich, absolut aufrichtig und ehrlich zueinander zu sein. Was mich betrifft, so bin ich dazu ohne jede Einschränkung bereit.«

»Na schön«, erwiderte Cara. »Wenn Sie die Wahrheit hören wollen... Ich glaube... ich habe den Verdacht – obwohl ich es nicht beweisen kann –, daß Onkel Lionel meinen Vater – ermordet hat.«

Ihre Worte waren ein Schock für den Marquis, obwohl er irgendwie mit einer solchen Erklärung gerechnet hatte.

Doch dann stellten sich gewisse Bedenken bei ihm ein, und er fragte sich, ob Cara bei einer solchen Beschuldigung nicht zu sehr von ihrem persönlichen Haß gegen den Earl getrieben wurde.

Mit ruhiger, bedächtiger Stimme, die allen, die ihn um politischen Rat fragten, so gut bekannt war, sagte der Marquis dann:

»Du erzählst mir am besten genau, was damals geschehen ist.«

Cara ließ einen leisen Seufzer hören, bevor sie begann:

»Papa, Mama und ich lebten in dem großen Haus, das seit zweihundert Jahren im Besitz der Matlocks ist. Großvater wollte unbedingt, daß wir bei ihm wohnten, weil er nicht gerne allein war. Vor allem aber, weil er Papa sehr, sehr gern hatte.«

Sie schwieg. Dann fuhr sie fort mit einer Stimme, die dem Marquis verriet, daß sie mehr zu sich selbst sprach als zu ihm:

»Wir waren damals alle unsagbar glücklich.«

»Und dann?« drängte der Marquis.

»Eines Tages wurde Großpapa krank, und obwohl Onkel Lionel nie nach Hause kam, außer er brauchte Geld, hielt Papa es für angebracht, seinen Bruder davon in Kenntnis zu setzen, daß die Ärzte glaubten, Großvater müßte sterben.«

Die Art, wie sie sprach, zeigte dem Marquis, wie traurig und verzweifelt sie und ihre Eltern über diese Nachricht gewesen waren.

»Ich hatte Onkel Lionel viele Jahre nicht mehr gesehen«, fuhr Cara fort, »und ich glaube, es lag daran, daß ich älter und weitblickender geworden war, wenn ich ihn nun zum erstenmal so sah, wie er wirklich war. Mir war auch sofort klar, daß er sich unentwegt mit der Frage beschäftigte, was alles er für sich auf die Seite bringen könnte, wenn Großvater tot war. Und seinen Haß gegen Papa spürte ich wie einen eisigen Hauch. Papa war der Erbe, und mit dieser Tatsache vermochte Onkel Lionel nicht fertig zu werden.«

»Hat dein Vater das auch so empfunden?« wollte der Marquis wissen.

»Papa hat immer versucht, Onkel Lionel zu helfen. Er hat ihm sogar Geld gegeben, obwohl wir uns das eigentlich gar nicht leisten konnten. Aber Onkel Lionel steckte bis zum Hals in Schulden, und Papa wollte, daß sein Bruder endlich aus dieser mißlichen Lage herauskam.«

»Ich dachte mir schon, daß er Schulden hatte.«

»Ja, sehr hohe Schulden, wie wir später merkten, als er alles im Haus verkaufte, was nicht als Fideikommiß vererbt war.«

Cara hatte das Gefühl, daß der Marquis überrascht war, und erklärte:

»Das war nach Papas Tod, als das Erbe an Onkel Lionel fiel.«

»Wie kam es dazu?«

»Zwei Tage vor Großvaters Tod, als wir alle wußten, daß es keine Rettung mehr für ihn gab, ritten Papa und Onkel Lionel gemeinsam aus. Onkel Lionel kehrte allein zurück...«

Sie schwieg, konnte nicht weitersprechen. Doch schließlich zwang sie sich, in ihrem Bericht fortzufahren.

»Wie Onkel Lionel erzählte«, sagte Cara stockend, »nahmen sie beide eine sehr hohe Hecke. Dabei sei

Papas Pferd gestürzt und habe ihn abgeworfen. Papa sei so unglücklich aufgekommen, daß er sich das Genick gebrochen habe.«

»Aber du glaubst nicht, daß es ein Unfall war.«

»Papa war ein hervorragender Reiter. Er kannte jede Hecke und jedes Hindernis auf dem Gut. Er hätte sein Pferd nie über ein Hindernis springen lassen, daß zu hoch gewesen wäre.«

»Und wie kamst du auf den Gedanken, dein Onkel könnte für seinen Tod verantwortlich sein?« fragte der Marquis.

»Feldarbeiter brachten Papa auf einem Gatter nach Hause«, entgegnete Cara. »Später, am Abend, fragte ich Onkel Lionel nach Papas Pferd. Papa war auf seinem Lieblingspferd geritten. Er hatte nie irgendwelche Probleme damit.«

»Was war mit dem Pferd geschehen?«

»Onkel Lionel sagte, es habe sich bei dem Sturz die linke Vorderhand gebrochen. Er sei gezwungen gewesen, es zu erschießen.«

Die Art, wie sie das sagte, verriet dem Marquis, ohne daß es einer weiteren Erklärung bedurfte, wie sie sich den Unfall vorstellte. Er wußte auch, was geschah, wenn ein Mann gemein und skrupellos genug war, auf ein Pferd zu schießen, das sich mitten im Sprung über eine Hecke befand. Es überschlug sich im Fallen und begrub den Reiter unter sich. Aller Wahrscheinlichkeit nach konnte dieser den Sturz nicht lebend überstehen.

Schweigen herrschte, bevor der Marquis fragte:

»Hältst du deinen Onkel tatsächlich einer derart hinterhältigen Tat für fähig?«

»Auch Mama glaubte genau wie ich, daß er es war«, antwortete Cara. »Aber sie sagte, daß wir keine

Beweise gegen ihn hätten. Und bloße Anschuldigungen, meinte sie, machten Papa nicht wieder lebendig und würden die Dinge zwischen uns und Onkel Lionel noch schwieriger und unerfreulicher gestalten, als sie es sowieso schon seien.«

Cara tat einen tiefen Atemzug, ehe sie endete:

»Wir waren nämlich vollkommen abhängig von Onkel Lionel. Papa besaß kein eigenes Geld, obwohl Großvater ihm, wie auch seinem jüngeren Sohn, eine monatliche Zuwendung überließ.«

Sie machte eine Pause und versank in langes Nachdenken.

Schließlich sagte sie:

»Da die Landwirtschaft stark im argen lag, weil es während des Krieges kaum noch Feldarbeiter auf dem Gut gab, da die meisten Männer in Wellingtons Heer oder auf den Schiffen der Navy kämpften, waren die letzten Ernten schlecht gewesen. Außerdem befanden sich die Pächter mit ihren Pachtzahlungen heillos im Rückstand. Für uns bedeutete das Sparsamkeit an allen Ecken und Enden.«

»Ich glaube, die Dinge lagen im ganzen Land so«, sagte der Marquis. »Ich kann mir vorstellen, daß dies für deine Mutter und dich große Einschränkungen bedeutete.«

»Ja, wir besaßen praktisch keinen einzigen Penny«, erwiderte Cara. »Onkel Lionel warf uns aus dem Haus und überließ uns eine kleine, armselige Kate irgendwo auf dem Gut. An Möbeln hatten wir nur das notwendigste. Aus dem Herrenhaus durften wir nichts mitnehmen, was auch nur den kleinsten Wert hatte.«

Der Marquis dachte, wie erniedrigend dies für Cara und ihre Mutter gewesen sein mußte.

»Zum Glück«, fuhr Cara fort, »konnte Mama beweisen, daß Großvater ihr zwei der Reitpferde zum Geschenk gemacht hatte. Eins zu Weihnachten und eins zu ihrem Geburtstag. So brauchten wir wenigstens nicht auf das Reiten zu verzichten.«

Sie blickte den Marquis verständnisheischend an. Sie schien sicher zu sein, daß er nachempfinden konnte, wie wichtig dies für sie gewesen war.

»Onkel Lionel schloß dann den Landsitz und zog ins Stadthaus nach London«, fuhr sie nach einer Weile fort. »Er entließ die Diener, weigerte sich, ihnen eine Abfindung oder Rente zu zahlen, und benahm sich so gemein und rüde, daß ich mich meiner Familie zu schämen begann.«

Der Marquis verstand ihre Gefühle sehr gut. Es war genau das Verhalten, das er von einem Menschen wie dem Earl erwartet hatte.

Doch er sah keinen Anlaß, Cara gegenüber eine diesbezügliche Bemerkung zu machen. Er war begierig, ihre ganze Geschichte zu hören, und so sagte er laut:

»Das muß achtzehnhundertfünfzehn gewesen sein.«

Es war das Jahr, in dem der Krieg beendet wurde. Er selbst war damals noch auf dem Festland gewesen, im Heer Wellingtons, der gerade seinen Sieg bei Waterloo errungen hatte.

»Ja, es war eine harte Zeit, und mancherorts herrschten Hunger und Elend, als die Männer nach ihrer Entlassung aus der Armee nach Hause kamen«, sagte Cara. »Trotzdem sorgte Mama dafür, daß ich eine gute Erziehung erhielt.«

Ihre Stimme wurde leise, während sie weitererzählte.

»Glücklicherweise hatte Mama noch einige Schmuckstücke, die Papa ihr in den Jahren ihrer Ehe geschenkt hatte. Sie wurden verkauft, so daß ich die besten Lehrer bekam, die in der Umgebung zu finden waren. Doch das bedeutete auch, daß wir uns schrecklich einschränken mußten und uns nicht die kleinste Extravaganz leisten konnten.«

In ihrer Stimme war nun ein streitbarer Ton, und der Marquis begriff, daß sie kein Mitleid wollte – vor allem nicht von ihm.

Sie berichtete ihm nur das Vorgefallene – so wie er es von ihr verlangt hatte.

Der Marquis schwieg. Seine grauen Augen betrachteten aufmerksam ihr Gesicht, das große innere Bewegung zeigte, als Cara fortfuhr:

»Schließlich erkrankte Mama – im vergangenen Jahr. Papas Tod hatte sie sehr unglücklich gemacht, und obwohl es sehr hart für sie war, mich zu verlassen, wußte ich, daß sie sich danach sehnte, endlich wieder mit ihrem geliebten Mann vereint zu sein.«

Der Marquis hielt diese Wendung für sehr bezeichnend, was Caras religiöse Einstellung betraf. Unwillkürlich fragte er sich, wie viele der Frauen, die er kannte, wohl noch an ein Leben nach dem Tode glaubten, wo der Mann, den sie liebten, auf sie wartete.

»Nach Mamas Beerdigung erschien dann plötzlich Onkel Lionel«, sprach Cara mit völlig veränderter Stimme weiter.

»Hattest du ihn lange nicht mehr gesehen?«

»Nicht mehr seit dem Tag, an dem er das Haus schloß und nach London zog. Damals war ich erst dreizehn.«

Wieder erschien der Ausdruck von Angst in ihren Augen, als sie sagte:

»Sobald er die Kate betrat, merkte ich, wie erstaunt er über mein Aussehen war. Meine Erscheinung war etwas, womit er wohl nicht gerechnet hatte.«

»Du meinst, er war erstaunt über deine Schönheit?«

»Ich hatte das Gefühl, er dachte, mein Aussehen könnte in irgendeiner Weise nützlich für ihn sein. Ich weiß nicht, warum ich das glaubte. Jedenfalls ergriff mich eine entsetzliche Angst. Ich hielt ihn nach wie vor für Papas Mörder und haßte ihn deswegen. Und nun fürchtete ich für mein eigenes Leben, ohne mir darüber klar zu sein, warum!«

»Sagte er dir, daß du bei ihm wohnen solltest?«

»Er befahl mir, die Kleider, die ich besaß, in einen Koffer zu packen und mit ihm nach London zu fahren«, antwortete Cara. »Mir blieb nichts anderes übrig, als ihm zu gehorchen.«

»Wann, ich meine, zu welcher Jahreszeit war das?«

»Kurz vor Weihnachten. Und als wir in der Kutsche saßen, sagte er: ›Du wirst in London keine Trauer tragen wegen deiner Mutter. Und ich möchte keine Krokodilstränen in meinem Haus. Dein einziges Plus ist dein heiratsfähiges Alter, und ich möchte möglichst schnell einen passenden Ehemann für dich finden.‹«

»Und wie hast du reagiert?«

»Ich sagte ihm, ich hätte nicht die Absicht, einen Mann zu heiraten, den ich nicht liebte.«

»Ich nehme an, deine Weigerung ärgerte ihn.«

»Er schlug mich zum erstenmal«, erwiderte Cara. »Und als wir sein Haus am Grosvenor Square in London erreichten, wiederholte ich meine Weigerung. Diesmal schlug er mich mit der Peitsche.«

Der Ausdruck in ihrem Gesicht verriet dem Marquis, wie sehr sie gelitten hatte, doch sie fuhr hastig fort:

»Es gab nichts, was ich tun konnte. Er kaufte mir einige Kleider, nachdem er mir erklärt hatte, daß die Kleider, die ich besaß, in die Lumpenkiste gehörten. Ich zerbrach mir den Kopf über eine Flucht aus seinem Haus, aber ich sah keine Chance für mich. Ich nannte nicht einmal einen Penny mein eigen.«

Der Marquis blickte verwirrt. Hatte sie ihm auf dem Weg nach Broome nicht erzählt, sie sei im Besitz von zwanzig Pfund und einigen wertvollen Schmuckstücken?

»Mir war klar, daß ich ohne Geld nicht weit kommen würde«, sagte Cara, »und bis Weihnachten sah es so aus, als würde sich mir niemals die Gelegenheit bieten, auch nur an einen einzigen Shilling heranzukommen.«

»Und was war Weihnachten?«

»Eine Freundin meines Onkels kam zu Besuch und blieb während der Feiertage sein Gast. Sie ist sehr reich.«

»Kennst du ihren Namen?«

»Sie nannte sich La Marchesa di Cesari«, antwortete Cara. »Doch von der Dienerschaft erfuhr ich, daß dies nicht ihr richtiger Name sei. Sie ist eine Sängerin, die immer von reichen Männern protegiert wurde, und sie besaß unvorstellbar viel Schmuck – wertvollen Schmuck. Außerdem war sie sehr freigebig mit ihrem Geld.«

Der Marquis nickte verstehend. Caras Geschichte nahm Gestalt an. Jedenfalls ahnte er schon, wie sie weitergehen würde.

Gespannt hing er an Caras Lippen, als sie fortfuhr:

»Die Marchesa war von Onkel Lionel beeindruckt, weil er einen Titel hat, und Onkel Lionel war in sie verliebt, jedenfalls benahm er sich so.«

»Die Lady war wohl kaum die richtige Gesellschaft für dich«, bemerkte der Marquis. »Deine Mutter wäre jedenfalls nicht damit einverstanden gewesen.«

»Zunächst durfte ich an den Partys, die im Haus stattfanden, nicht teilnehmen«, erwiderte Cara. »Aber eines Abends muß die Marchesa, die im Grunde ein recht gutmütiger Mensch war, etwas gesagt haben. Vielleicht in der Art, daß doch Weihnachten sei und daß er mir eine kleine Freude gönnen müsse. Ich war ganz aufgeregt, als ich in einem hübschen Kleid nach unten ging, um an der Gesellschaft teilzunehmen, obwohl die Gäste mir ziemlich seltsam vorkamen und ich mir schon sehr bald darüber klar war, daß Mama entsetzt über sie gewesen wäre. Nicht nur über die Ladys, sondern auch über die Gentlemen.«

Sie machte eine Pause, bevor sie hinzusetzte:

»Vor allem über Sir Mortimer Forstrath.«

Dem Marquis fiel ein, daß er sich vorgenommen hatte, über diesen Gentleman nähere Erkundigungen einzuziehen, dies jedoch durch die Erkrankung des neuen Königs aus dem Auge verloren hatte.

»Sir Mortimer Forstrath ist der Mann, den du nach dem Willen deines Onkels heiraten solltest, nicht wahr?« fragte er.

Cara nickte.

»In dem Augenblick, als ich ihn sah, überlief es mich kalt«, erwiderte sie. »Schon die Art, wie er mich anschaute, machte mir angst, und seine Berührung verursachte mir eine Gänsehaut. Ich hatte das Gefühl, als wandelte ein Geist über mein Grab, wie die Diener immer sagen.«

»Was stimmte denn nicht mit ihm?«

»Ich weiß nicht genau, was es war, das mich von Anfang an so abstieß«, antwortete Cara. »Aber dann fragte ich Emily, das Mädchen, das sich um mich kümmerte und mir gut gesonnen war. Sie erzählte mir ganz schreckliche Dinge über ihn, und ich konnte in den ersten Nächten nicht mehr schlafen vor Entsetzen und Abscheu über diesen Mann.«

»Was erzählte sie denn?«

Caras Stimme sank zu einem Flüstern hinab.

»Sie sagte, er gehe oft zu einem verrufenen Haus, das einer Mrs. Barcley gehöre und wo Gentlemen große Geldsummen dafür ausgäben, um junge Mädchen auspeitschen zu können.«

Die Haltung des Marquis versteifte sich. Ungläubig blickte er Cara an.

Er kannte das Haus, von dem sie sprach. In ganz London gab es kein einschlägiges Etablissement, das einen derart schlechten Ruf besaß, wie das von Mrs. Barcley.

Es war die Art von Vergnügungsstätte, die er selbst niemals aufgesucht hätte. Doch die Tatsache, daß die Frau ein riesiges Vermögen daran verdient hatte, daß sie reichen Lüstlingen die Möglichkeit bot, ihren niedrigsten Lastern zu frönen, war in den Clubs von St. James' allgemein bekannt.

»Wie konnte das Hausmädchen dir nur solche Dinge erzählen!« rief er empört.

»Emily machte sich Sorgen um mich«, antwortete Cara. »Und über Sir Mortimer wußte sie durch Onkel Lionels Kammerdiener Bescheid. Von ihm hörte sie auch, daß Sir Mortimer bereit war, Onkel Lionel zehntausend Pfund zu zahlen, wenn er ihm die Einwilligung gab, mich zu heiraten.«

Nun wußte der Marquis auch, warum der Earl ausgerechnet einen Geldbetrag in dieser Höhe von ihm gefordert hatte.

Es schien ihm unfaßbar, daß jemand, der Wert darauf legte, als Gentleman zu gelten, so tief sinken konnte, und er sagte sich, daß seine Verachtung für den Earl von Matlock, die schon so lange bestand, wie er diesen Mann kannte, durchaus gerechtfertigt war.

»Nun können Sie wohl verstehen, weshalb ich – davongelaufen bin«, sagte Cara leise.

»Und um davonlaufen zu können, nahmst du das Geld und die Schmuckstücke, die der Marchesa gehörten?«

»Nach ihrer Geburtstagsfeier, die bis in den frühen Morgen dauerte, half ich ihr ins Bett«, sagte Cara. »Ich durfte an der Geburtstagsparty teilnehmen, weil Sir Mortimer es wünschte. Aber es war entsetzlich für mich. Am Schluß wußte ich fast nicht mehr, was ich anstellen sollte, um ihn mir vom Leib zu halten.«

Ihre Stimme nahm einen harten, unversöhnlichen Ton an, als sie hinzufügte:

»Einmal war ich sogar soweit, daß ich ihm ein Messer in die Brust stoßen wollte. Doch dann sagte ich mir, daß ich wohl nicht stark genug sei, um ihn wirklich zu töten, und daß es am Schluß doch nur auf eine weitere Tracht Prügel durch Onkel Lionel hinauslaufe – und das wollte ich auf keinen Fall. Onkel Lionel wurde nämlich immer grausamer und hemmungsloser, je öfter ich ihm erklärte, daß ich einen solchen Mann niemals heiraten würde.«

»Und so stahlst du der Marchesa die Schmuckstücke, während du sie zu Bett brachtest.«

»Ihre Zofe war unten. Sie feierte in der Gesindestube mit der Dienerschaft. Die meisten von Onkel Lionels Dienern benahmen sich in einer Art und Weise, die weder Papa noch Großvater geduldet hätten. Und Mama pflegte immer zu sagen: ›Wie der Herr, so's Gescherr!‹«

»Das ist wahr«, stimmte der Marquis zu. »Du brachtest die Marchesa also zu Bett und nahmst ihren Schmuck.«

»Nicht den Schmuck, den sie an diesem Abend trug. Das wäre zu einfältig gewesen. Doch als ich die Sachen in ihren Schmuckkasten zurücklegte, bemerkte ich im untersten Fach zwei andere Stücke, die sie noch nie getragen hatte. Es sind die beiden, die ich immer noch habe, wie Sie wissen.«

»Das hatte ich inzwischen schon vergessen«, sagte der Marquis. »Aber jetzt, wo du mich daran erinnerst, fällt es mir wieder ein. Sie müssen ihrem rechtmäßigen Besitzer natürlich zurückgegeben werden. Ich kann nicht zulassen, daß meine Frau als Diebin verfolgt und vor Gericht gestellt wird.«

Caras Augen weiteten sich, dann sagte sie:

»Onkel Lionel würde überglücklich sein, wenn man mich wegen eines solchen Verbrechens an den Galgen brächte. Bitte, lassen Sie mich Ihnen den Schmuck geben. Ich bin sicher, Sie finden einen Weg, die Stücke der Marchesa zurückzugeben, ohne daß sie dahinterkommt, daß sie ihr jemals entwendet wurden.«

Dann, bevor der Marquis ihrem Vorschlag zustimmen konnte, stieß sie einen leisen Ruf aus.

»Emily wird das für mich tun! Ich müßte Kontakt mit ihr aufnehmen.«

»Wir werden uns das noch sehr sorgfältig und in aller Ruhe überlegen«, meinte der Marquis. »Aber zuerst erzählst du deine Geschichte zu Ende.«

»Ich nahm also Brosche und Kollier mit auf mein Zimmer und versteckte sie dort«, fuhr Cara fort. »Am nächsten Tag ging es der Marchesa sehr schlecht. Sie fühlte sich nicht imstande, aufzustehen. Ich besuchte sie, und irgendwann bat sie mich, ihr aus einer Schublade ein Taschentuch zu holen. Dabei sah ich die vielen Münzen und Geldscheine, die sie sorglos in der Schublade herumliegen hatte.«

Cara machte einen etwas verlegenen Eindruck, als sie hinzusetzte:

»Ich wußte, es war Geld, das sie auf der Party gewonnen hatte oder in einem der Spielkasinos in Mayfair, die sie öfter zusammen mit Onkel Lionel besuchte.«

Der Marquis kannte diese Spielkasinos. Es handelte sich meist um Privathäuser, in denen illegal gespielt wurde und wo ausschließlich Aristokraten verkehrten.

»Es war ganz offensichtlich, daß sie das Geld nicht gezählt hatte. Sie konnte unmöglich wissen, wieviel es war«, sprach Cara weiter. »Sie verstand sich auch kaum auf englisches Geld und sagte oft, daß sie unsere Münzen nicht auseinanderhalten könne.«

»Und deshalb hast du dich also bedient«, sagte der Marquis trocken.

»Ich hatte keine Wahl. Entweder ich wurde zur Diebin, oder ich heiratete Sir Mortimer. Onkel Lionel hatte mir bereits erklärt, daß die Hochzeit in zwei Wochen stattfinden werde, und mich aufgefordert, mich um ein Brautkleid zu kümmern.«

»Nun verstehe ich, weshalb du die Flucht ergriffen hast, und vielleicht war es unter den gegebenen Umständen das Beste, was du tun konntest.«

Zum erstenmal während dieser Unterhaltung erschien wieder das bekannte Blitzen in Caras Augen.

»Sind Sie wirklich bereit, einmal etwas gutzuheißen, was ich getan habe?« fragte sie spöttisch.

Der Marquis lachte.

»Du läßt mir keine andere Wahl.«

»Das Eton-Jackett fand ich schon vorher bei einem Streifzug durch das Haus«, sagte Cara. »Es waren sogar mehrere davon da, und ich nehme an, sie gehörten Papa und Onkel Lionel, als sie noch Jungen waren. Daneben gab es Anzüge und Kleider, die mindestens ein ganzes Jahrhundert alt sein müssen.«

»Der Speicher eines jeden Londoner Hauses ist voller Schätze«, antwortete der Marquis. »Ich erinnere mich noch daran, wie meine Mutter auf Broome eine Robe entdeckte, in die echte Diamanten eingearbeitet waren. Über hundert Jahre hatte das Kleidungsstück auf dem Dachboden gelegen, ohne daß sich jemand darum kümmerte.«

»Oh, dann werde ich aber mit einer richtigen Schatzsuche beginnen, falls ich nach Broome zurückkehre!« rief Cara.

Dem Marquis war nicht entgangen, daß sie »falls« und nicht »wenn« gesagt hatte.

Als ihr bewußt wurde, daß er ihren Versprecher bemerkt hatte, sagte sie hastig:

»Ich möchte deswegen mit Ihnen reden!«

»Aber ja, Cara«, erwiderte er. »Doch laß mich dir vorweg sagen, wie froh ich bin, die Geschichte deiner Flucht aus dem Haus des Earls zu kennen. Nun verstehe ich endlich, warum du glaubtest, es gäbe keinen anderen Ausweg mehr für dich.«

»Ich fürchte, es hat Ihnen nur Ärger und große Unannehmlichkeiten bereitet, daß ich mir für meine Flucht Ihre Reisekutsche aussuchte, weil sie sechs Pferde hatte«, sagte Cara. »Was dagegen mich betrifft, wäre der Ausgang wohl in jedem Fall der gleiche gewesen, nachdem mich jemand beobachtete, wie ich in einen Wagen kletterte, und Onkel Lionel unverzüglich Mitteilung davon machte.«

Der Marquis dachte, daß sie auch an einen Mann hätte geraten können, der nicht so reich war, daß es sich für den Earl gelohnt hätte, ihn zur Ehe mit seiner Nichte zu zwingen.

Aber es gab keine Veranlassung, ihr das zu sagen, und daher versetzte er nach kurzer Pause:

»Wir können es nicht ungeschehen machen, Cara. Ich hoffe nur, wir beide sind einsichtig genug, das Beste aus dieser so bedauerlichen Situation zu machen.«

»Es wird Ihnen doch sicher möglich sein, die Ehe wieder annullieren zu lassen, oder?« fragte Cara. »Schließlich hat Onkel Lionel Sie doch regelrecht erpreßt!«

»Trotzdem sind wir rechtmäßig getraut – von einem Vertreter der Kirche, der über eine gültige Lizenz verfügte«, erwiderte der Marquis.

Da er diese Tatsache nur zähneknirschend akzeptierte, hatte seine Stimme bei den letzten Worten einen kalten, verächtlichen Ton angenommen.

»Ich... ich hätte Ihnen vielleicht einen Vorschlag zu machen«, kam es leise über Caras Lippen.

»So?«

»Wenn Sie genau wie ich den Wunsch haben, nicht verheiratet zu sein, könnte ich doch einfach verschwinden. Nach einem oder zwei Jahren könnten Sie mich für tot erklären lassen. Dann wären Sie doch wieder frei, nicht wahr?«

»Vielleicht sollten wir uns überlegen, ob diese Idee durchführbar ist«, antwortete der Marquis. »Du mußt allerdings berücksichtigen, daß dein Onkel mich haßt und nur darauf wartet, mir den nächsten Streich zu spielen. Wir müßten also damit rechnen, daß er mich des Mordes an dir beschuldigt, sobald du verschwunden bist. Wenn er damit vielleicht auch nicht durchkommt, der Skandal wäre perfekt. Und du kannst sicher sein, daß man im ganzen Land nach dir suchen würde.«

Aus entsetzten Augen blickte Cara ihn an.

»Trauen Sie das Onkel Lionel wirklich zu?«

»Ohne weiteres«, entgegnete der Marquis. »Schließlich wäre das für ihn eine neue vielversprechende Gelegenheit, sich sein Schweigen von mir bezahlen zu lassen.«

»Ich hasse ihn! Oh, wie ich ihn hasse!« rief Cara wild. »Warum kommt er nur mit seiner Schlechtigkeit immer wieder durch? Ich bin fest davon überzeugt, daß er Papa umgebracht hat. Ihn und viele andere Menschen, soweit wir das wissen!«

»Solche Vermutungen nützen uns ohne Beweise gar nichts«, sagte der Marquis kalt.

»Was kann ich denn tun?«

»Die Antwort ist ganz einfach«, erwiderte er. »Du bist meine Frau, und es dürfte dir nicht schwerfallen, dich in der Öffentlichkeit so zu verhalten, wie man es von einer Frau in deiner Stellung erwartet.«

Cara lachte.

»Ich bin ganz sicher, Sie kennen mein Problem«, sagte sie. »Weshalb sollte ich bei einem Mann bleiben, der mich haßt? Der mich hassen muß, weil ich die Nichte meines Onkels bin.«

»Auf dieses Thema will ich im einzelnen nicht eingehen«, erklärte der Marquis. »Es würde zu nichts führen, das weißt du genau. Jedenfalls eins steht für mich fest: du magst die Nichte des Mannes sein, den ich abgrundtief verabscheue, aber in erster Linie bist du auch die Tochter deines Vaters und deiner Mutter.«

Cara erhob sich aus dem Sessel, in dem sie saß, durchquerte das Zimmer und trat an eins der Fenster.

Sie blickte auf einen kleinen, gepflasterten Innenhof mit einer wunderschönen Statue und einem in Stein gefaßten Goldfischbecken.

Wegen der winterlichen Jahreszeit war das Becken ohne Wasser, und bis auf einige Zwergkiefern wirkte der Hof öde und farblos.

Cara sah all diese Dinge, ohne sie jedoch wirklich wahrzunehmen. Sie dachte an ihr Leben mit dem Marquis und sagte sich, daß es ein Leben ohne Liebe und Wärme sein würde, obwohl es ihr unwahrscheinlich erschien, daß er sie schlagen oder niederträchtig behandeln würde, wie ihr Onkel es getan hatte.

Sie wußte, daß sie in einer Atmosphäre des Hasses und der Einsamkeit, wie sie auf dem Grosvenor Square geherrscht hatte, nicht leben konnte.

Es wird mir nichts anderes übrigbleiben als die Flucht, dachte sie. Was immer er auch sagen mag, es ist das einzige, was ich tun kann.

»Woran denkst du, Cara?« forschte der Marquis.

»Wenigstens meine Gedanken gehören mir!« stieß sie heftig hervor.

»Vielleicht kann ich sie erraten«, sagte er. »Ich habe immer noch das Gefühl, du willst mir davonlaufen. Laß es mich dir in aller Deutlichkeit klarmachen: Ich werde nicht zulassen, daß du das tust!«

Cara wandte sich zu ihm um und sah ihn an.

»Weshalb sollten Sie so töricht sein, mich unter allen Umständen festzuhalten. Schließlich bin ich nur eine Belastung für Sie, und das wissen Sie genau. Jedesmal, wenn Sie mich ansehen, werden Sie daran erinnert werden, wie tief Onkel Lionel Sie gedemütigt hat. Und so sehr Sie sich auch bemühen mögen, zu vergessen, die Tatsache wird ein ständiger Stein des Anstoßes für Sie sein. Er wird das Leben für uns beide immer mehr zur Hölle machen.«

Die Art, wie sie sprach, war überraschender als das, was sie sagte. Der Marquis erhob sich aus seinem Sessel und trat zu ihr ans Fenster.

Schweigend blickte sie mit ihren großen Augen zu ihm auf. Es lag eine Frage in ihrem Blick, die er nicht beantworten zu können glaubte.

Auch der Marquis schwieg eine Weile. Dann sagte er:

»Du verunsicherst mich, Cara. Denn du bist anders als jede junge Frau, der ich bisher begegnet bin. Du stellst ein Problem für mich dar, das ich fest entschlossen bin zu lösen. Und die Lösung würde bedeutend leichter sein, wenn wir versuchten, sie gemeinsam zu finden.«

»Nun versuchen Sie es mit einem Trick«, sagte Cara. »Sie tun so, als wollten Sie mich zu Ihrem Bundesgenossen machen, damit ich das tue, was Sie von mir verlangen, ohne daß ich mir dessen bewußt bin.«

Der Marquis lachte.

»Ich dachte tatsächlich daran, wie unangenehm und unbehaglich es wäre, wenn wir uns von morgens bis abends streiten würden. Nach Kriegsende glaubte ich, die Zeit, in der ich mit Feinden zu tun hätte, wäre für immer vorüber.«

»Ich bin nicht Ihr Feind«, brach es aus Cara hervor.

»Nein, das bist du nicht«, gab er zu. »Und da ich außerhalb meines Hauses viele Feinde und Widersacher habe, wäre es für mich einfach unerträglich, denken zu müssen, daß du mir in den Rücken fallen könntest.«

»Nun versuchen Sie es auf die versöhnliche Tour«, sagte Cara. »Aber das ist für mich noch gefährlicher, als wenn Sie mit mir streiten oder mich Ihre Verachtung und Ablehnung spüren lassen.«

Wieder lachte der Marquis. Sein Lachen klang spontan und herzlich.

»Du bist wirklich nicht auf den Mund gefallen, Cara«, sagte er und schmunzelte. »Doch solange wir noch lachen können – wenn schon nicht zusammen, dann wenigstens übereinander –, stehen die Dinge nicht so schlecht, wie es im Augenblick ausschaut.«

Cara wandte das Gesicht ab und blickte wieder in den Hof hinunter.

Der Marquis aber sagte:

»Du kannst dir denken, daß meine Zeit im Augenblick sehr knapp bemessen ist. Seine Majestät besteht einfach darauf, daß ich in seiner Nähe bin, solange er krank ist. Deshalb schlage ich vor, wir schließen eine Art Waffenstillstand oder Burgfrieden. Was hältst du davon?«

»Den Vorschlag könnte ich akzeptieren«, erwiderte Cara zögernd.

»Na schön«, sagte der Marquis. Die Erleichterung in seiner Stimme war nicht zu überhören. »Die Wartezeit solltest du dazu verwenden, dir deine Aussteuer zu beschaffen.«

Bei den letzten Worten dachte der Marquis, daß er sie jetzt wohl auf seiner Seite hätte. Denn es gab einfach keine Frau auf der Welt, die einem so großzügigen Angebot widerstehen konnte.

Tatsächlich wußte er aus Erfahrung, daß bisher

noch jedes weibliche Wesen, gleichgültig welcher sozialen Schicht es angehörte, bei einem solchen Vorschlag aus seinem Mund vor Entzücken dahingeschmolzen war.

Um so fassungsloser war er, als er Caras Zögern bemerkte. Er begriff nicht, was der Grund dafür sein konnte.

»Ich möchte, daß meine Freunde meine Frau bewundern«, sagte er. »Und ich halte es in beiderseitigem Interesse für sehr wichtig, daß sie glauben, wir hätten aus gegenseitiger Zuneigung geheiratet und nicht unter Zwang oder auf Druck deines Onkels.«

»Glauben Sie nicht, daß er überall herumerzählen wird, was wirklich geschehen ist?«

»Ich bezweifle es zumindest«, sagte der Marquis. »Er hat einen in seinen Augen gewaltigen Sieg errungen, und falls er daran denkt, erneut gegen mich zu Felde zu ziehen, wird er einen Zeitpunkt dafür wählen, der ihm eine ähnlich hohe Kriegsbeute verspricht wie beim erstenmal.«

Ein Zittern überlief Cara.

»Er macht mir angst.«

»Laß mich dir eins versprechen«, sagte der Marquis. »Sollte er dich nun, da du meine Frau bist, auch nur ein einziges Mal anrühren, werde ich ihn töten!«

Die Art, wie er sprach, ruhig und ohne die Stimme zu erheben, verfehlte ihren Eindruck auf Cara nicht.

Abrupt wandte sie sich zu ihm um und sah ihn aus großen Augen an.

»Ist das Ihr Ernst?«

»Ja«, sagte der Marquis fest. »Ich hasse und verabscheue Gewalt in jeder Form. Wenn ich sehe, daß jemand eins meiner Pferde schlecht behandelt, schrecke ich nicht davor zurück, ihm eine handfeste

Lektion zu erteilen. Und deshalb kannst du mir glauben, daß es nicht nur so dahingesagt ist, wenn ich schwöre, den Mann, der dich ängstigt, umzubringen.«

Caras Augen waren immer noch geweitet. Er sah, wie die Farbe in ihre Wangen zurückkehrte, als hätte sein Schwur sie zu neuem Leben erweckt.

Dann sagte sie:

»Was Sie da gesagt haben, gibt mir zum erstenmal nach Mamas Tod wieder das Gefühl von Geborgenheit und Sicherheit.«

»Ich gebe dir mein Wort, daß du völlig sicher sein kannst, solange du bei mir bleibst.«

»Danke«, erwiderte Cara. »Vielen, vielen Dank!«

»Ich habe mir gedacht«, fuhr der Marquis fort, »dein Onkel könnte vielleicht glauben, sein Plan wäre gescheitert, wenn er feststellt, daß ich glücklich über die Situation bin, die er erzwungen hat. Und wenn ich meine Freunde, die natürlich wissen wollen, warum ich so heimlich und unerwartet geheiratet habe, davon überzeugen kann, daß unsere Ehe nicht unter Zwang zustande kam, sondern dem ehrlichen Wunsch von uns beiden entsprang, wäre dem Earl der Wind aus den Segeln genommen.«

Cara schlug begeistert die Hände zusammen.

»Das ist gut, das ist sehr gut!« rief sie.

»Ich dachte mir, du würdest in diesem Punkt einer Meinung mit mir sein. Aber wir müssen unsere Rolle auch überzeugend spielen, wenn wir damit Erfolg haben wollen. Vor allem müssen wir bereit sein, deinen Onkel nach allen Regeln der Kunst zu schlagen, wann immer sich die Gelegenheit dazu bietet.«

Als Cara zustimmend nickte, fuhr der Marquis fort:

»Der erste Schritt, den wir unternehmen, ist der, daß wir etwas für deine äußere Erscheinung tun. Du mußt schön sein, denn meine Freunde erwarten von mir, daß ich eine schöne Frau geheiratet habe. Ein weiterer Schritt besteht darin, daß wir, wenn wir uns in der Öffentlichkeit zeigen, immer den Eindruck erwekken, ein sehr glückliches Paar zu sein.«

»Und Sie meinen, dies wäre ein wirkungsvolles Mittel, Onkel Lionel zu ärgern und aus der Fassung zu bringen?« fragte Cara, als suchte sie noch eine letzte Rechtfertigung für die Tatsache, daß sie bereit war, auf den Vorschlag des Marquis einzugehen.

»Genau«, antwortete der Marquis. »Aus diesem Grund solltest du dich in der Zeit, in der ich beim König gebraucht werde, um deine Garderobe kümmern. Ich brauche dir nicht eigens zu sagen, daß es unnötig ist, an irgend etwas zu sparen. Im Gegenteil, den anderen Ladys müssen vor Neid die Augen überquillen, wenn sie dich in deinen neuen, prächtigen Kleidern sehen.«

Wieder entstand eine unerwartete Pause, und er fragte Cara:

»Was macht dir Sorgen?«

Cara schaute zu ihm auf.

»Ich... ich glaube, es ist vielleicht ein wenig töricht, aber Mama und ich waren sehr arm. Die einzigen Kleider, die wir besaßen, waren die, die sie und ich uns genäht haben. Ich... ich fürchte deshalb, daß mir der gute Geschmack und die Kenntnis fehlen, um etwas auszuwählen, das ich als Ihre – Frau tragen sollte.«

Der Marquis lächelte, und es bedurfte dazu nicht der kleinsten Spur von Überwindung.

»Ich verstehe, was du sagen willst, Cara« sagte er. »Es war dumm von mir, deine Schwierigkeiten nicht zu bedenken. Doch dieses Problem ist meiner Meinung nach mit Leichtigkeit zu lösen.«

»So?« fragte Cara zweifelnd.

»Die Schneiderinnen kommen einfach zu uns ins Haus, und wir suchen deine Garderobe zusammen aus.«

Bei diesen Worten dachte er daran, wie viele Kleider er schon ausgewählt hatte. Nicht nur für seine Mätressen, die in seinem luxuriösen Haus in Chelsea gewohnt hatten, sondern auch für die Schönheiten, mit denen er nur flüchtig befreundet gewesen war und die es in erster Linie auf seine Brieftasche abgesehen hatten.

Ständig benötigten sie ein Kleid für bestimmte Gelegenheiten, brauchten einen Pelz gegen die Kälte oder einen Muff, in den er seine Hand schieben konnte, um ihnen die Finger zu wärmen.

Daneben bedurfte es einer Unmenge von Accessoires, damit ihre Erscheinung vor seinen Augen Gnade fand: Hüte, die das goldene, rote oder rabenschwarze Haar krönten, Sonnenschirme, um die zarte, milchweiße Haut vor der Sonne zu schützen und natürlich Geschmeide zum Schmuck der schwanengleichen Hälse, der zierlichen, muschelförmigen Ohren und der schlanken Handgelenke.

Es wird wenigstens das erste Mal sein, daß ich der eigenen Frau eine Aussteuer kaufe! sagte sich der Marquis. Und überraschenderweise fand er diesen Gedanken höchst amüsant und reizvoll.

6

»Sie sind wundervoll, M'lady, wirklich wundervoll!« flüsterte Emily voller Ehrfurcht, als Cara ihr die Kleider zeigte, die täglich von den Schneidergeschäften eintrafen.

Cara war der gleichen Meinung und auch ehrlich genug, anzuerkennen, daß es vor allem das Verdienst des Marquis war, wenn die Kleider, die in den ersten Geschäften Londons für sie angefertigt wurden, so bezaubernd und hinreißend waren. Sie selbst besaß nämlich weder die Erfahrung noch den Geschmack, um zu wissen, was ihr wirklich stand.

Sie nahm ein Kleid in einem blassen Grün, das mit der Farbe ihrer Augen übereinstimmte, und hielt es vor sich.

»Es läßt Sie aussehen wie der Frühling, M'lady, und das ist die Wahrheit!« flüsterte Emily, erneut von Ehrfurcht ergriffen.

Da sie neugierig war und brennend gerne wissen wollte, was im Haus ihres Onkels auf dem Grosvenor Square vor sich ging, hatte sich Cara ehrlich gefreut, als ihr Emily gemeldet worden war.

»Es mag Ihnen aufdringlich erscheinen, M'lady«, hatte Emily verlegen gesagt, »aber ich mußte die ganze Zeit an Sie denken, seit Sie das Haus verlassen haben. Gütiger Gott, war der Herr wütend, als Tim ihm erzählte, daß er gesehen habe, wie sie vor dem Carlton House in eine Kutsche gestiegen seien. Wie ein Verrückter hat er getobt und das Haus zusammengeschrien.«

»Dann war es also Tim, der mich gesehen hat«, rief Cara.

Tim war der Küchenjunge, den sie immer für ziemlich einfältig und nicht ganz normal gehalten hatte.

»Ja, es war Tim«, erwiderte Emily. »Ausgerechnet er. Aber er treibt sich oft beim Carlton House herum, um die feinen Herrschaften zu beobachten, die dort ein- und ausgehen. Genauso lungert er auf dem Square herum und beobachtet die Häuser, wenn dort irgendwelche Feste gefeiert werden. Ich hab' mich schon immer gefragt, warum er sich dafür interessiert.«

Cara war auf eine Art froh, endlich zu erfahren, woher ihr Onkel von ihrer Flucht gewußt hatte.

Oft hatte sie in den Nächten wach gelegen, gequält von der Frage, wie es sein konnte, daß jemand sie trotz der Verkleidung erkannt hatte, als sie in der festen Hoffnung, ihrem Onkel für immer entwichen zu sein, in den Wagen des Marquis geklettert war.

Obwohl sie immer noch mit dem Gedanken an Flucht spielte – und zwar an eine Flucht vor dem Marquis –, war dieser Gedanke angesichts der vielen neuen Kleider und all der Aufregungen, die damit verbunden waren, doch etwas in den Hintergrund getreten.

Außerdem fand sie die Abende in der Gesellschaft des Marquis und seines Freundes Lord Hansketh so faszinierend.

Sie war mit ihrem Ehemann nie allein, außer in den Augenblicken, in denen sie zu ihm ins Arbeitszimmer ging, um sich ihm in einem der neuen Kleider vorzustellen, die er für sie ausgesucht hatte.

Wenn der Marquis nicht außer Haus war, verbrachte er die meiste Zeit mit Schreiben von Briefen oder dem Aufsetzen von Vorträgen in seinem Arbeitszimmer.

Mit der Zeit stellte Cara fest, daß er im House of Lords eine bedeutende Rolle spielte und daß der neue König ihn ständig in seiner Nähe wünschte.

Sein Majestät genas nur langsam von einer gefährlichen Lungenentzündung, und obwohl er unbedingt an der Beisetzung seines Vaters hatte teilnehmen wollen, beschworen ihn die Ärzte, das Risiko nicht auf sich zu nehmen.

Der König gab schließlich dem Drängen nach und blieb zu Hause. Aber er bestand darauf, daß der Marquis ihm Gesellschaft leiste.

Nun, da er die Krankheit überwunden hatte, machte er sich große Sorgen wegen der Königin. Er sprach von nichts anderem mehr, und der Marquis erfuhr jeden Eklat, jeden Fauxpas, den sie sich auf dem Kontinent leistete.

Ebenfalls mußte er eine Vielzahl von Protokollen durchlesen, die der König sammelte in der Hoffnung, früher oder später in der Lage zu sein, sich von seiner Gemahlin scheiden zu lassen.

Die ganze Geschichte war so unerquicklich und unerfreulich, daß sich der Marquis bei seiner Heimkehr immer häufiger ganz erleichtert der Tatsache bewußt wurde, daß Cara völlig anders war, als er es am Anfang befürchtet hatte.

Wie er schon bei ihrer ersten Begegnung festgestellt hatte, war sie intelligent, schlagfertig und besaß die Gabe, einen Sachverhalt nicht nur zu durchschauen, sondern auch auf originelle Weise dazu Stellung zu nehmen. Henry Hansketh kam aus dem Staunen über sie nicht mehr heraus und war hingerissen von ihr.

»Eins steht jedenfalls fest, Ivo«, sagte er einmal zu dem Marquis, als sie beide allein waren. »Deine Frau wird dich niemals langweilen, wie das viele deiner Geliebten getan haben.«

»Was macht dich da so sicher?« fragte der Marquis ihn ein wenig begriffsstutzig.

»Sie besitzt einen sehr lebendigen Verstand und das Talent, auf sehr unkonventionelle Art ihre Meinung zu sagen«, erwiderte Lord Hansketh. »Frauen wie sie findest du selten. Vor allem sind sie dann nicht so jung und entzückend wie Cara.«

Der Marquis mußte zugeben, daß der Freund recht hatte, aber er litt noch immer darunter, daß er dem Earl auf den Leim gegangen war, daß er sich von ihm zu der Ehe mit Cara hatte erpressen lassen und daß Cara ihm gewissermaßen die Freiheit genommen und Fesseln angelegt hatte.

Gleichzeitig mußte er einräumen, daß er ihre Gesellschaft mochte und sich auf die Abende freute, an denen er, Henry und seine Frau zu dritt dinierten. Cara trug immer das ihre zu einer geistreichen und angeregten Unterhaltung bei, und außerdem war sie eine gute Zuhörerin.

Was Cara anging, so machte sie im Haus des Marquis eine Erfahrung, die ihr neu war. Ihre Furcht vor den Männern verlor sich mehr und mehr – obwohl sie dies vor sich selbst nicht zugab.

Da der Hof Trauer hatte, gab es keine Gesellschaften. Der Marquis hatte Cara erklärt, er hielte es für einen Fehler, sie mit seinen Freunden bekannt zu machen, bevor er sie in dem üblichen offiziellen Rahmen der Gesellschaft vorgestellt hatte.

Sie wußte nun, daß ihr Äußeres noch nicht ganz seinen Vorstellungen entsprach. Ihr Haar mußte noch wachsen, und ihre Garderobe vervollständigt werden.

Außerdem, so sagte sie sich, schämt er sich meiner. Ich bin eben nicht sein Typ. Er würde sich eine ganz andere Frau ausgesucht haben, hätte er frei wählen können.

So wie Mrs. Peel von dem Marquis wie von einem Halbgott gesprochen hatte, machten es auch die Wirtschafterin und die gesamte Dienerschaft von Broome House in der Park Line.

Die meisten kannten ihn bereits, als er noch ein Knabe gewesen war, und seine Erfolge in Oxford und später in der Armee nahmen in den Erzählungen aller einen großen Raum ein.

Sie fühlten sich gedrängt, Cara mit Informationen über die kleinsten Einzelheiten aus seinen sämtlichen Lebensabschnitten zu versorgen. Und da man im Haus annahm, daß sie ihren Ehemann über alles liebte, war es für alle selbstverständlich, daß Cara jede Anekdote und jedes noch so unbedeutende Ereignis aus dem Leben des von ihnen so heißverehrten Menschen für immer im Gedächtnis bewahren würde.

Angesichts einer solchen Bewunderung und Anhänglichkeit vermochte Cara nicht gleichgültig zu bleiben. Man hätte es als undankbar und unfreundlich empfunden.

Sie stellte fest, daß auch sie den Marquis in einem anderen Licht zu sehen begann.

Es war sein Sekretär, Mr. Curtis, der ihr vom Einfluß des Marquis in der politischen Welt sprach, der ihr davon berichtete, welch großen Wert der Premierminister und die Mitglieder des Kabinetts auf seinen Rat und sein Urteil legten.

»Kommt denn nie jemand von ihnen hierher?« fragte Cara, die gern einmal den Premier oder den gutaussehenden Lord Castlereagh, der das Amt des Außenministers bekleidete, kennengelernt hätte.

»Manchmal schon«, erwiderte Mr. Curtis, »doch gewöhnlich treffen sich die Gentlemen im Haus von Lord Harrowby auf dem Grosvenor Square.«

»Oh, das Haus kenne ich«, sagte Cara. »Es liegt gleich neben dem meines Onkels. Mein Onkel wohnt in Nummer dreiundvierzig und Lord Harrowby in vierundvierzig.«

»Das ist richtig«, sagte Mr. Curtis. »Als das Kabinett am einundzwanzigsten Juni achtzehnhundertfünfzehn in Lord Harrowbys Haus speiste, stürzte plötzlich der Adjutant des Duke von Wellington in den Dining-Room. Er überreichte Lord Barhurst, der zu dieser Zeit Kriegsminister war, die Depesche des Duke und meldete den Versammelten den Sieg bei Waterloo.«

»Wie aufregend!« rief Cara. »Ich wünschte, ich wäre dabeigewesen!«

»Ich fürchte, diese Dinnerpartys gestatten die Anwesenheit einer Lady nicht«, sagte Mr. Curtis mit einem Lächeln.

Cara wünschte, sie hätte von diesen aufregenden Zusammenkünften gewußt, als sie noch bei ihrem Onkel lebte, und sagte nun zu Emily:

»Hat Lord Harrowby, der neben Onkel Lionel wohnt, in letzter Zeit viele Gäste gehabt?«

»Das kann ich Ihnen nicht sagen, M'lady«, antwortete Emily. »Aber es ist mir ein leichtes, es herauszufinden.«

»So?« fragte Cara, und Emily wirkte plötzlich verlegen.

»Well«, sagte sie, »zufällig macht einer der Diener Seiner Lordschaft mir den Hof – sozusagen. Er findet immer wieder neue Ausreden, um rüber zu kommen und mich zu sehen. Er ist ein ziemliches Klatschmaul, und ich nehme an, er sagt mir alles, was ich von ihm wissen will.«

Cara dachte, daß sie sich nicht so auffallend um diese Information hätte bemühen sollen, und wechselte das Thema.

»Hat mein Onkel irgendwelche Gesellschaften gegeben, seit ich fort bin?« fragte sie.

»Keine großen, M'lady«, antwortete Emily. »Aber einmal erhielt er den Besuch eines Mannes, der – wie Tim behauptete – wegen Beleidigung von Lord Sidmouth im Gefängnis gesessen hat.«

Cara hatte den Marquis und Lord Hansketh von Lord Sidmouth reden hören und wußte, daß er der Innenminister war.

»Aber was sollte Seine Lordschaft von einem Mann wollen, der im Gefängnis war?« fragte sie.

»Sein Name ist Thistlewood«, berichtete Emily. »Tim sagt, er sei ein ganz übler Kunde.«

»Was meint er damit?« erkundigte sich Cara.

»Keine Ahnung, ich hör' meistens nicht zu, wenn Tim spricht. Er versucht einem immer angst zu machen. Aber Sie erinnern sich doch noch an Albert, nicht wahr? Er sagte gestern abend, daß dieser Mister Thistlewood und der Master irgendwas im Schilde führten, und er sei nicht im mindesten überrascht, wenn es sich dabei um einen Mord handeln würde.«

Emily senkte die Stimme bei diesen Worten, um sie möglichst unheimlich klingen zu lassen.

»Das meinst du doch nicht im Ernst, Emily«, sagte Cara beiläufig.

Innerlich jedoch traute sie ihrem Onkel einen derartigen Plan durchaus zu. Schließlich hatte sie ihn ja auch in Verdacht, ihren Vater umgebracht zu haben.

Sie hängte das blaßgrüne Kleid in den Kleiderschrank und sagte:

»Ich nehme an, Albert übertreibt. Doch erzähl mir, was er gehört hat.«

Sie war sicher, daß Albert an der Tür des Zimmers gelauscht hatte, in dem ihr Onkel mit besagtem Mister Thistlewood gesprochen hatte.

»Ich glaube, Albert redet eine Menge Unsinn«, antwortete Emily. »Auf die Hälfte von dem, was er sagt, achte ich erst gar nicht. Doch wenn ich Sie das nächste Mal besuche, M'lady, habe ich die ganze Story aus ihm herausgeholt.«

Nachdem Emily sie verlassen hatte, dachte Cara über deren Worte nach. Sie kam zu der Schlußfolgerung, daß ihr Onkel sich gewiß nicht in verbrecherische Aktivitäten einlassen würde.

Andererseits waren Diener für gewöhnlich bestens im Bilde über das, was im Haus der Herrschaft vor sich ging.

Hinzu kam, daß sie an Lord Harrowbys Partys brennend interessiert war, weil sie wußte, daß auch der Marquis an ihnen teilnahm.

Cara begann sich um so mehr für Politik zu erwärmen, je häufiger sie den Unterhaltungen zwischen dem Marquis und seinem Freund zuhörte. Inzwischen kannte sie auch die Sorge der beiden, es könnte zu einer Revolution und einem Sturz der Regierung kommen, wenn nicht bald tiefgreifende Reformen durchgeführt würden.

Oft hatte sie den Eindruck, die beiden hätten sie völlig vergessen, so leidenschaftlich diskutierten sie miteinander. Cara hätte sich dann am liebsten Notizen gemacht, um nur ja nichts von dem Gespräch der Freunde zu vergessen.

»Ich muß unbedingt herausfinden, was es mit diesem Thistlewood auf sich hat«, entschied sie. »Vielleicht gehört er zu den Leuten, die die Unzufriedenheit unter den Arbeitern und Bauern schüren.«

*

An diesem Abend kam der Marquis sehr spät aus dem Buckingham-Palast zurück. Der König hatte ihn so lange dort behalten, weil er wieder einmal jemanden brauchte, dem er sein Herz ausschütten konnte. Ihm machten die Karikaturen und satirischen Pamphlete zu schaffen, die in letzter Zeit immer schärfer und beißender wurden.

George Conikshank, William Home und eine Reihe anderer Karikaturisten und Künstler nahmen die Queen aufs Korn und machten sich auch über den König lustig.

Tatsächlich gab es in ganz London nur einen Graphikhändler, der den Mut hatte, ausschließlich königstreue Drucke zu verkaufen.

»Es muß etwas geschehen!« hatte der König verzweifelt ausgestoßen. Doch der Marquis wußte keine wirkliche Lösung für das Problem.

Täglich erschienen Dutzende neuer Bilder mit vulgären und aggressiven Darstellungen des Königspaares. Überall in den Straßen wurden sie feilgeboten, und jeder Versuch, etwas dagegen zu tun, war zum Scheitern verurteilt.

»Sie müssen sich doch sagen, daß diese Darstellungen die Königin nur dazu animieren, sich noch skandalöser zu verhalten, als sie es bisher schon getan hat!« jammerte Seine Majestät. Aber der Marquis vermochte ihm nicht zu helfen.

Nach den stundenlangen Auslassungen des Königs über die Königin, nach dem ständigen Wiederholen ihrer Vergehen in der Öffentlichkeit, fühlte sich der Marquis wie befreit, wenn er an den Abenden nach Hause kam, wo Cara im Salon auf ihn wartete. So auch heute. Sie sah sehr jung aus, wie der Marquis zugeben mußte. Jung und bezaubernd in dem neuen Kleid, das er ihr geschenkt hatte.

Es paßte zur Farbe ihrer Augen, wie noch einige andere Kleider, die der Marquis ihr ausgesucht hatte. Es war ihm nämlich aufgefallen, daß ein ganz bestimmter blasser Grünton ihre Haut betörend weiß erscheinen ließ und die Lichter in ihren Augen und auf ihrem Haar wirkungsvoll hervorhob.

Außerdem verlieh ihr diese Farbe etwas Elfenhaftes, das er noch nie zuvor bei einer Frau festgestellt hatte und das sie – obwohl er es sich nicht eingestehen wollte – höchst anziehend machte.

Cara sprang auf, als er ins Zimmer trat.

»Sie sind sehr spät«, sagte sie. »Ich habe mich schon gefragt, ob Ihnen etwas zugestoßen sei.«

»Seine Majestät hielt mich fest. Und das geschieht inzwischen so häufig, daß es mir fast schon peinlich ist, mich immer wieder für mein Zuspätkommen zu entschuldigen.«

»Aber Sie brauchen sich doch nicht zu entschuldigen«, antwortete Cara. »Ich akzeptiere die Tatsache genauso wie der Koch. Und ich bin sicher, daß das Dinner noch nicht verdorben ist.«

»Ich werde mich ganz rasch umziehen«, versprach der Marquis und eilte die Treppe hinauf zu seinem Schlafzimmer.

Als er dann nach kurzer Zeit wieder nach unten kam, traf er Henry, dem man gesagt hatte, das Abendessen werde später stattfinden als üblich, im Gespräch mit Cara an.

Sie saßen nebeneinander auf dem Sofa, und beim Betreten des Salons zuckte dem Marquis der Gedanke durch den Kopf, daß es etwas sehr Vertrauliches zu sein schien, was sie miteinander zu bereden hatten.

Plötzlich dachte er daran, wie sehr Henry Caras Intelligenz und ihr Aussehen bewunderte, und ein Gefühl von Argwohn stieg in ihm auf.

Machte Henry etwa seiner Frau den Hof?

War er in Cara verliebt?

Dann rief er sich zur Ordnung.

Ein solcher Verdacht war nicht nur ungerecht, sondern auch unmöglich und lächerlich.

Dennoch verfolgte ihn der Gedanke während des Essens und verdarb ihm die Stimmung.

In ihm war eine wachsende Verärgerung, deren er nicht Herr zu werden vermochte.

Als das Dessert aufgetragen wurde, sagte Cara: »Ich fragte Lord Hansketh vorhin, ob ihm ein Mann namens Thistlewood bekannt sei.«

»Ihre Ladyschaft hält den Mann für einen Tunichtgut, der sogar einige Monate im Gefängnis verbracht hat«, erklärte Lord Hansketh.

»Thistlewood!« Die Stimme des Marquis klang kalt und ablehnend. »Ich hörte von ihm. Ich frage mich nur, welches Interesse Cara an einem solchen Menschen haben kann.«

Er sah, daß Cara und Henry ihn fragend anblickten, und fuhr fort:

»Thistlewood ist ein heruntergekommener Adliger, der sein ganzes Vermögen verspielt hat und sich unbeliebt machte, weil er gegenüber einigen Parlamentsmitgliedern ziemlich zudringlich wurde.«

»Ich hörte, daß er Lord Sidmouth beschimpft hat und eine zwölfmonatige Haft abgesessen haben soll«, sagte Cara.

»Ich nehme an, du hast aus der Zeitung davon erfahren. Er hat sich in der Tat äußerst unverschämt benommen. Sidmouth tat gut daran, an diesem Unruhestifter und Aufrührer ein Exempel zu statuieren.«

»Er ist inzwischen wieder aus dem Gefängnis heraus.« Cara blieb hartnäckig.

»Wenn das so ist und er sich weiter so aufführt, wie er es getan hat, wird er bald wieder dort landen«, entgegnete der Marquis.

»Aber bis dahin kann er noch viel Unheil anrichten«, bemerkte Henry.

»Das halte ich für unwahrscheinlich«, erklärte der Marquis unwirsch und wechselte das Thema.

*

Als Cara sich hinlegte, dachte sie über das Gespräch nach. Sie kam zu der Erkenntnis, daß der Marquis ein Komplott vermuten würde, wenn er hörte, daß Thistlewood heimlich von ihrem Onkel empfangen wurde.

Denn eins stand für sie fest, nachdem sie den vielen Gesprächen zwischen dem Marquis und Lord Hansketh zugehört hatte: die Revolution, die den beiden solche Sorge machte, würde erst stattfinden, wenn die Unzufriedenen einen Führer hatten.

Sie war phantasiebegabt genug, sich vorzustellen, daß Thistlewood sich durchaus als ein solcher eignete. Schließlich hatte der Marquis ihn einen heruntergekommenen Adligen genannt. Das hieß, dieser Mann war genau der Typ, der in der Lage war, eine Rebellion zu organisieren und ihr Richtung und Schlagkraft zu verleihen.

»Ich muß unbedingt mit Emily sprechen!« flüsterte sie.

*

Beim Abschied an diesem Abend hatte Henry Hansketh gesagt:

»Reitest du morgen früh in den Park, Ivo?«

»Natürlich«, antwortete der Marquis lächelnd.

»Dann werde ich auch da sein«, erklärte Hansketh. »Ich habe mir gestern ein neues Pferd gekauft. Bevor ich es zu meinem Landsitz schaffen lasse, möchte ich, daß du einen Blick darauf wirfst.«

»Mit dem größten Vergnügen«, antwortete der Marquis, »übrigens, sobald Seine Majestät mich freigibt, werde ich mit Cara nach Broome zurückkehren. Ich hoffe, du begleitest uns?«

»Du weißt, daß ich einer Einladung nach Broome nie widerstehen kann«, erwiderte Henry und setzte hinzu: »Und dies erst recht nicht, wenn sich mir die Möglichkeit bietet, deine Pferde zu reiten.«

»Ich verstehe!« Der Marquis lächelte erneut. »Da fällt mir ein, du hast Agamemnon noch gar nicht gesehen.«

»Nein, aber ich bin gespannt auf ihn wie ein Regenschirm.« Auch Henry lächelte. »Nach allem, was du mir über ihn berichtet hast.«

Cara hatte das Gespräch der beiden Freunde noch mitbekommen, bevor sie sich auf ihr Zimmer begeben hatte. Interessiert hatte sie ihnen zugehört.

Inzwischen wußte sie, wieviel dem Marquis seine Pferde bedeuteten. Wenn er von ihnen sprach, schlich sich immer ein völlig anderer Klang in seine Stimme.

Vielleicht hätte er eins seiner Pferde heiraten sollen, dachte sie, und fragte sich, ob es wohl in seinem Leben jemals eine Frau geben würde, die er mehr liebte als den Hengst Agamemnon.

Sie wußte, es verdroß ihn, daß er gezwungen war, sich so lange in London aufzuhalten. Nur der Ritt am frühen Morgen, wo er den Park ganz für sich allein hatte, entschädigte ihn ein wenig für die nutzlos verbrachte Zeit bei Hof.

Wenn mein Reitkostüm fertig ist, dachte sie, werde ich ihn fragen, ob ich ihn begleiten darf.

Sie hatte das unangenehme Gefühl, daß er auf ihre Begleitung keinen Wert legte. Was sein morgendliches Reitvergnügen anging, war sie für ihn genauso überflüssig wie zu den übrigen Stunden des Tages. Es würde ihm gewiß eher zusagen, wenn sie, wie bisher, irgendwann im Laufe des Tages mit einem der Reitburschen ausritt – um ein wenig Bewegung und frische Luft zu haben, nicht zum Zweck eines wirklich aktiven Trainings.

»Vielleicht kann ich ihm in Broome einmal zeigen, wie gut ich reite«, murmelte sie.

Da sie vom Zeitpunkt der Trauung an bewußt auf Distanz gegangen war, fiel es Cara schwer, den Marquis um etwas zu bitten, was ihr persönliches Vergnügen betraf.

Vage trug sie sich immer noch mit dem Gedanken, den Marquis zu verlassen. Bei einem der letzten Besuche Emilys in der Park Lane hatte Cara das Mädchen gebeten, ihr einen neuen Anzug vom Dachboden auf dem Grosvenor Square mitzubringen.

»Was haben Sie denn mit dem Anzug gemacht, in dem Sie Ihrem Onkel davongelaufen sind, M'lady?« fragte Emily.

»Die Wirtschafterin auf Broome fand ihn abscheulich. Sie hat ihn sicherlich ins Feuer geworfen«, gab Cara zur Antwort.

Emily lachte.

»Ich habe Ihren Mut bewundert, M'lady. Einfach auf eigene Faust davonzulaufen, das will was heißen. Nicht, daß Sie meinen, ich wollte Sie deswegen tadeln. Im Gegenteil. Sie haben richtig gehandelt, denn Seine Lordschaft hat Sie ja ständig verprügelt wie einen Hund und auch noch von Ihnen verlangt, diesen entsetzlichen Gentleman zu heiraten.«

»Ich werde dir immer dankbar dafür sein, daß du mir gesagt hast, was für ein Mensch er ist«, versetzte Cara. »Wenn du das nicht getan hättest, wäre ich jetzt vielleicht schon mit ihm verheiratet.«

Cara schauderte bei dem Gedanken. Sie sagte sich dann, daß der Marquis sie wenigstens nicht schlug, mochte die Vorstellung, mit einem Mann verheiratet zu sein, auch grundsätzlich ihre Abneigung hervorrufen.

Seit jener ersten Nacht, als er gekommen war, um mit ihr zu sprechen, schloß sie die Verbindungstür zwischen ihrem und seinem Schlafzimmer ab. Ebenso die Tür, die auf den Korridor hinausging. Doch er hatte nie mehr den Versuch gemacht, bei ihr einzudringen.

Als er damals an die Tür geklopft hatte, war sie vor Angst fast vergangen.

Es war ihr unmöglich erschienen, daß er die Frau in ihr sehen konnte, nachdem ihr Onkel ihn auf eine derart barbarische Weise zur Ehe gezwungen hatte.

Allerdings, wissen konnte man es nie.

Bei dem Ekel, den sie gegenüber ihrem Onkel, Sir Mortimer und allen Männern empfand, hatte sie eine entsetzliche Furcht davor empfunden, daß der Marquis sie berühren könnte.

Nun, da sie ihn besser kannte, glaubte sie zu wissen, daß er nicht das kleinste Interesse an ihr als Frau besaß. Nur eins interessierte ihn an ihrer Verbindung, daß sie ihn nicht blamierte und bloßstellte, solange sie seinen Namen trug.

Allmählich war Cara ruhiger geworden.

Ihr Herz begann nicht mehr vor Furcht zu rasen, wenn er ins Zimmer trat. Und sie beobachtete ihn auch nicht mehr voller Mißtrauen, als wäre er ein wildes Tier, das sie jeden Augenblick anspringen konnte.

So wie die Wunden auf ihrem Rücken langsam verheilten und kaum noch zu sehen waren, gewöhnte ihr Bewußtsein sich an das Zusammenleben mit dem Marquis. Es war ein Zusammenleben ohne Angst und in gleichbleibender freundlicher Atmosphäre.

*

Am nächsten Morgen hörte sie, wie er punkt halb acht sein Schlafzimmer verließ, und sie wußte, daß er gleich seinen Morgenritt begann.

Zum erstenmal verspürte sie den Wunsch, ihn dabei zu begleiten, und sie beschloß, ihn bei seiner Rückkehr definitiv zu fragen, ob sie nicht auch ihren Ausritt auf die Zeit des Tages verlegen könne, da der Park noch leer sei.

Doch dann dachte sie, daß er sich vielleicht mit einer Frau traf, mit der er schon in der Vergangenheit, noch vor seiner Hochzeit, ausgeritten war.

Die Diener hatten bei ihren Erzählungen über den Marquis nicht unerwähnt gelassen, welchen Erfolg er bei den berühmten Schönheiten der Gesellschaft gehabt hatte.

»Eine Zeitlang war ich ganz sicher, Seine Lordschaft werde die Tochter des Herzogs von Newcastle heiraten«, sagte die Haushälterin einmal. »Eine schönere junge Lady haben Sie noch nie gesehen. Sie hätte bei der Parlamentseröffnung oder einer Ballveranstaltung auf Carlton House gewiß wundervoll in den Broome-Diamanten ausgesehen.«

»Oh, meiner Meinung nach besaß sie nie eine wirkliche Chance«, hatte Robinson, die Cara beim Ankleiden half, der Haushälterin widersprochen.

»Vielleicht sagen Sie mir, wen Sie denn für die Favoritin halten«, wollte die Haushälterin wissen.

»Oh, Seine Lordschaft hatte gewissermaßen die Qual der Wahl unter vielen geeigneten Kandidatinnen«, erwiderte Robinson. »Aber die Schönste von allen war für mich immer Lady Aileen Wynter, und sie war zweifellos unsterblich in den Marquis verliebt.«

»Lady Aileen Wynter? Lassen Sie mich nachdenken! Ah, jetzt erinnere ich mich an sie. Die Arme verlor schon sehr früh ihren Gatten in Spanien, nicht wahr?« Die Haushälterin verzog spöttisch den Mund.

»Und sie war über diesen Verlust hinweg, sobald sie Seiner Lordschaft begegnete«, erwiderte Robinson mit einem süffisanten Lächeln.

Dann merkten sie wohl beide, daß eine solche Unterhaltung in Caras Gegenwart zu indiskret war und kehrten zu den Geschichten aus der Kindheit des Marquis zurück.

Er ist sehr gutaussehend und stattlich, dachte Cara, und daher konnte es wohl nicht ausbleiben, daß die Frauen so verrückt nach ihm waren. Trotzdem hatte er nicht geheiratet. Er wollte allein bleiben. Allein und unabhängig, wie es auch ihr Wunsch gewesen war.

»Wenn ich fort gehe, wird er mich niemals finden und endlich wieder ein freier Mann sein«, sagte sie sich.

Dann fiel ihr ein, daß sie erneut dort angelangt war, wo ihre Überlegungen stets begannen und endeten: bei dem Wunsch nach Freiheit, den zu verwirklichen, sich vielleicht nie ein Weg finden würde.

*

»Hier ist das Gewünschte, M'lady. Ich hoffe, die Sachen passen Ihnen genausogut wie die ersten«, sagte Emily.

Sie sprach am späten Nachmittag vor, als Cara von einer Fahrt durch den Park zurückkehrte.

Emily öffnete das ziemlich unordentliche Paket, das sie bei sich trug, und brachte ein Jackett und eine Hose zum Vorschein, die einmal Caras Vater gehört haben mußten, als dieser noch sehr jung gewesen war.

»Dieser Anzug ist größer als der letzte«, sagte Cara. »Ich schätze, die Hosen sind mir viel zu lang.«

»Man kann sie hochschlagen«, meinte Emily. »Oder ich nähe die Hosenbeine für Eure Ladyschaft um.«

»Ich will dich damit jetzt nicht belästigen«, erwiderte Cara. »Aber ich werde sie gut verstecken, damit ich sie greifbar habe, falls ich sie brauche.«

»Ich kann mir nicht vorstellen, daß Sie das wirklich

vorhaben M'lady«, sagte Emily. »Sie wollen Seiner Lordschaft doch nicht wirklich davonlaufen. Er ist ein so wundervoller Mann. Seine Königliche Hoheit hält große Stücke auf ihn.«

Cara hatte dies schon oft gehört. Nun fragte sie:

»Weißt du etwas Neues von Mister Thistlewood?«

»Ich wollte Ihnen eben von ihm berichten, M'lady«, antwortete Emily. »Albert behauptet, daß da ganz schlimme Dinge im Gang wären. Er glaubt, Lord Harrowby selbst schwebe in Gefahr.«

»Und weshalb glaubt er das?«

»Mister Thistlewood soll zu Seiner Lordschaft gesagt haben, wenn es ihnen gelingen würde, Lord Harrowby und die Mitglieder des Kabinetts aus dem Weg zu schaffen, wäre es möglich, den Mob, der auf die Regierung das Messer geschliffen habe, zum Marsch auf London zu bewegen. Das erste Ziel dieses Marsches sollen die Kasernen am Hyde Park sein.«

Ungläubig starrte Cara das Mädchen an.

»Was sagst du da, Emily? Komm, fang ganz von vorn an! Sag mir Wort für Wort, was Albert gehört hat!«

Sie hatte mit Schärfe gesprochen, und da sie fürchtete, Emily eingeschüchtert zu haben, fügte sie hastig hinzu:

»Wir wissen beide, daß Albert an den Türen lauscht, aber in diesem Fall mißbillige ich sein Verhalten nicht. Ich bin nämlich sicher, daß mein Onkel und Mister Thistlewood Böses im Schilde führen. Und um Schlimmes zu verhindern, ist es von entscheidender Wichtigkeit, über jeden ihrer Schritte genauestens informiert zu sein.«

»Ja, selbstverständlich, M'lady. Aber Sie kennen ja Albert, wenn er seine Geschichten erzählt. Nur die

Hälfte davon ist wahr, die andere Hälfte ist erfunden und erlogen.«

»Ich weiß«, gab Cara zu. »Doch berichte mir trotzdem alles, was er gesagt hat.«

»Nach dem, was ich verstanden habe, ist dieser Mister Thistlewood der Anführer einer Bande von lichtscheuen Elementen, die ihm bedingungslos gehorchen«, begann Emily. »Albert glaubt, Mister Thistlewood plante mit seiner Bande einen Überfall auf dem Grosvenor Square. Wenn Lord Harrowby seine nächste Dinnerparty gibt, wollen sie gewaltsam in Nummer vierundvierzig eindringen und ihn und seine sämtlichen Gäste ermorden.«

»Das kann ich nicht glauben!« rief Cara fassungslos.

»Albert behauptet, dies sei der Inhalt des Gesprächs zwischen Mister Thistlewood und dem Master gewesen. Die beiden hätten den Überfall in allen Einzelheiten miteinander besprochen.«

Cara schwieg einen Moment lang.

Dann sagte sie:

»Wo wohnt Mister Thistlewood?«

»Das konnte Albert nicht herauskriegen«, erwiderte Emily. »Aber er trifft sich mit seiner Bande immer in einem Mietstall in der Cato Street.«

»Wo liegt die?« fragte Cara.

»In der Nähe der Edgware Road. Albert hörte, daß sie dort ein riesiges Waffenlager haben und daß die Revolution, die sie planen, das ganze Land umspannen soll.«

Cara überlief ein Zittern.

Es war genau die Art von Verbrechen, das ihrem Onkel Freude machte.

Dennoch vermochte sie es nicht zu glauben, daß er sich mit Banditen zusammentat, um mit ihrer Hilfe die

Regierung zu stürzen, indem er deren Mitglieder umbringen ließ.

In den Zeitungen hatte sie von den Unruhen im Norden gelesen.

Sie wußte, daß sich im vergangenen Jahr fünfzigtausend Weber auf dem St. Peter's Field zu einer Protestkundgebung versammelt hatten und von der berittenen Miliz mit Waffengewalt brutal auseinandergetrieben worden waren.

Dieser blutige Vorgang hatte überall großen Unmut und große Empörung hervorgerufen. Trotzdem riefen die Mitglieder der Regierung nach immer härteren Maßnahmen. Sie vermochten die berechtigten Forderungen der Aufständischen nicht zu akzeptieren.

»Ich werde versuchen, noch mehr Einzelheiten von Albert zu erfahren«, sagte Emily nun.

Es schien ihr Freude zu machen, Cara einen Dienst erweisen zu können und ihr die gewünschten Informationen zu beschaffen.

»Ja, tu das!« antwortete Cara. »Wie oft trifft Mister Thistlewood sich mit diesen Männern?«

»Ich glaube, jede Nacht, M'lady. Albert erzählte, er habe gehört, wie der Master heute morgen in der Bibliothek sagte: ›Richten Sie Ihren Leuten meine Worte aus, Thistlewood, und berichten Sie mir morgen früh, wie sie darauf reagiert haben.‹«

Cara gab darauf keine Antwort, und Emily verließ sie.

Kurze Zeit später kam Robinson ins Zimmer, um Cara beim Umkleiden zu helfen.

Cara zog eins der entzückenden Kleider an, die in der Bond Street für sie angefertigt worden waren. Während sie sich im Spiegel betrachtete, dachte sie, daß der Marquis sich darüber freuen würde, weil gerade dieses Kleid genauso ausgefallen war, wie er es sich gewünscht hatte.

Es war aus weißer Seide und mit kleinen Magnoliensträußen bestickt, die dunkelgrüne Blätter hatten. Die Stickereien verliehen dem Kleid einen ungewöhnlichen Reiz und unterschieden sich von allem, was Cara bisher gesehen hatte.

Der Gedanke tauchte in ihr auf, wie seltsam es war, daß der Marquis soviel von weiblicher Garderobe verstand. Dann plötzlich fiel ihr die Erklärung dafür ein.

Trotz aller Berichte der Dienerschaft hatte sie bisher nie bewußt daran gedacht, daß sie ja nicht die einzige Frau war, die sich rühmen konnte, von ihm mit Kleidern beschenkt worden zu sein.

Cara wußte nicht, warum, aber mit einem Mal war sie mit ihrem Aussehen nicht mehr zufrieden. Mit einem Ruck wandte sie ihrem Spiegelbild den Rücken. Ein trotziger Zug lag auf ihren Zügen.

Sie blickte zur Uhr auf dem Kaminsims und stellte fest, daß es schon spät war. Später, als sie gedacht hatte.

»Ich muß mich beeilen!« sagte sie zu Robinson. »Seine Lordschaft wird verärgert sein, wenn ich nicht rechtzeitig bei Tisch erscheine.«

»Ich glaube nicht, daß Seine Lordschaft schon zurück ist, M'lady«, erwiderte Robinson.

»Noch nicht zurück? Aber es ist fast Viertel vor acht!«

Ohne ein weiteres Wort öffnete Cara die Schlafzimmertür und eilte nach unten.

Bateson, der Butler, stand in der Halle.

»Ist seine Lordschaft schon da?« fragte sie.

»Ich wollte gerade jemanden nach oben schicken, um Ihnen mitzuteilen, daß Seine Lordschaft sich zum

Dinner entschuldigen läßt. Wie er durch einen Boten bestellen ließ, ist er im Augenblick bei Hof noch unabkömmlich, da der König seiner bedarf.«

Sekundenlang schwieg Cara.

Dann sagte sie mit einer Stimme, die ein wenig enttäuscht klang:

»Bitte, richten Sie dem Küchenchef aus, daß ich fertig bin zum Dinner.«

»Sehr wohl, M'lady.«

*

Auf der Heimfahrt dachte der Marquis nicht an seine Gattin, die an diesem Abend auf seine Gesellschaft bei Tisch hatte verzichten müssen. Er dachte an den König und seine Probleme.

Die Stunden, die er in der Nähe des Monarchen verbrachte, wurden immer mehr zu einer Anstrengung, und er hatte Lord Chamberlain bereits davon in Kenntnis gesetzt, daß er die Absicht habe, in zwei Tagen nach Broome zu reisen, um sich von den Strapazen des Hofdienstes zu erholen.

»Ich muß einmal raus«, sagte er. »Je früher, desto besser.«

Und weil er das Gefühl hatte, Lord Chamberlain eine Erklärung schuldig zu sein, setzte er hinzu:

»Ich habe versprochen, morgen abend mit Harrowby und dem Kabinett zu Abend zu essen, aber das ist meine letzte Verpflichtung in London für die nächste Zeit. Ich brauche jetzt einmal eine Woche für mich, vielleicht auch zwei.«

»Ich kann Ihnen das nicht verübeln«, erwiderte Lord Chamberlain. »Durch den Tod des alten Königs und die Krankheit Seiner Majestät hat man Ihnen wirklich einen dicken Strich durch Ihre Flitterwochen gemacht.«

»Das kann man laut sagen«, antwortete der Marquis, ohne weiter auf dieses Thema einzugehen.

Als sich der Wagen dann seinem Haus näherte, dachte er, es wäre vielleicht eine gute Idee, wenn er die Tage auf dem Land dazu benutzte, Cara ein wenig besser kennenzulernen.

Er hatte bereits registriert, daß sie eine vorzügliche Reiterin war, und er glaubte, es würde ihr Freude machen, einige seiner Pferde auszuprobieren. Natürlich keine Tiere, die so wild waren wie Agamemnon, aber dennoch solche, die eine starke Hand brauchten.

Liebe zu Pferden und Freude am Reiten sind sicherlich Interessen, die eine gewisse Gemeinsamkeit zwischen uns schaffen, dachte er.

Er ertappte sich bei den Gedanken, wie hinreißend sie am vergangenen Abend in einem der Kleider ausgesehen hatte, die er praktisch für sie entworfen hatte und in denen sie auf zukünftigen Festlichkeiten regelrecht Furore machen würde.

Die Kutsche hielt vor seinem Haus. Der Diener eilte herbei, um den Wagenschlag zu öffnen.

Der Marquis stieg aus. Als er die Halle betrat, sagte Bateson:

»Entschuldigen Sie, M'lord, da ist eine junge Frau, eine Frau namens Emily, die darauf besteht, Eure Lordschaft zu sprechen. Ich sagte ihr, dazu sei es zu spät, doch sie ließ sich nicht abweisen. Sie wartete weiter hartnäckig und bat mich, Ihnen zu sagen, es handle sich um eine Sache auf Leben und Tod.«

Bateson sprach mit der Hochnäsigkeit eines Dieners, der eine Nachricht weitergibt, von deren Wahrheitsgehalt er nicht überzeugt ist.

Einen Moment lang fragte sich der Marquis, ob er den Namen Emily schon einmal gehört habe. Dann erinnerte er sich daran, daß Cara ihm von einer Emily erzählt hatte, die ihr bei der Flucht aus dem Haus des Earls geholfen hatte.

»Führen Sie die junge Frau in mein Arbeitszimmer«, sagte er.

Während er selbst den Raum betrat, der ihm als Studier- und Arbeitszimmer diente, fragte er sich, was Emily ihm wohl zu sagen hatte und weshalb sie ihr Anliegen nicht mit Cara besprach.

Er blickte auf die Uhr und stellte fest, daß es kurz vor Mitternacht war. Cara würde wohl schon zu Bett gegangen sein, und das war der Grund, weshalb Bateson sie nicht mehr hatte stören wollen.

Die Tür wurde geöffnet, und Bateson verkündete in mißbilligendem Ton:

»Die junge Frau, die Sie zu sprechen wünscht, M'lord.«

Der erste Blick auf Emily verriet dem Marquis, daß es sich bei der späten Besucherin um ein adrettes, vertrauenerweckendes junges Mädchen handelte. Sie trug einen schwarzen Mantel und einen schwarzen, mit Bändern geschmückten Hut, der von einer Schleife unter dem Kinn gehalten wurde. Um ihre Schultern lag ein dicker Wollschal.

Sie knickste und blieb bei der Tür stehen, wo sie darauf wartete, daß er das Wort an sie richtete.

»Guten Abend«, sagte der Marquis. »Ihr Name ist Emily, und Sie sind das Hausmädchen, das Ihre Ladyschaft kannte, als sie noch auf dem Grosvenor Square lebte.«

»Das ist richtig, M'lord. Ich mußte Eure Lordschaft dringend sprechen, wirklich, das mußte ich!«

»Ist etwas geschehen?« erkundigte sich der Marquis.

»Ja, M'lord, etwas Furchtbares – und es ist meine Schuld. Aber ich schwöre Ihnen, es wäre mir nie in den Sinn gekommen, daß Ihre Ladyschaft etwas so Törichtes tun könnte, als sie mich bat, ihr vom Dachboden einige neue Sachen zu besorgen. Ich glaubte nur, daß sie vielleicht wieder an eine Art Flucht dächte. Doch nun so etwas, M'lord! Ich schwöre Ihnen: Daran habe ich nicht gedacht.«

Die gehetzte, aufgeregte Sprechweise Emilys bewirkte, daß der Marquis seine Besucherin überrascht anschaute.

Dann nahm er an seinem Schreibtisch Platz und deutete auf den hochlehnigen Sessel, der davor stand.

»Ich schlage vor, Sie setzen sich erst einmal, Emily«, sagte er. »Und dann erzählen Sie mir die Geschichte von Anfang an. Im Augenblick verstehe ich noch nicht, was Sie mir sagen wollen.«

Emily näherte sich dem Schreibtisch, und der Marquis hatte den Eindruck, daß sie sich kaum noch auf den Beinen halten konnte. Sie ließ sich auf der Kante des Sessels nieder und verschränkte die Hände ineinander. Sie wirkte aufgeregt und schien den Tränen nahe.

»Als Tim mir sagte, er habe Ihre Ladyschaft gesehen, wollte ich es zuerst gar nicht glauben«, begann sie.

»Wer ist Tim?« fragte der Marquis.

»Der Küchenjunge M'lord. Er liebt es, immer irgendwo herumzulungern und den Leuten nachzuspionieren. Er war es auch, von dem der Master erfuhr, daß Ihre Ladyschaft in Ihre Kutsche kletterte – in der Nacht, in der sie davonlief.«

»Ich verstehe«, sagte der Marquis. »Und was hat er diesmal gesehen?«

»Er sah, wie Ihre Ladyschaft in das Gebäude schlich, wo dieses Mordgesindel immer wieder zusammenkommt. Als ich ihr davon erzählte, konnte ich doch nicht ahnen, daß sie etwas Derartiges tun würde. Wenn die Kerle sie entdecken, werden sie Ihre Ladyschaft töten, M'lord!«

Der Marquis blickte verwirrt.

»Welches Mordgesindel? Und woher wissen Sie, wohin Ihre Ladyschaft gegangen ist?«

»Tim hat sie doch gesehen, M'lord. Vor ungefähr zwei Stunden. Als er zurückkam und es mir erzählte, habe ich meinen Ohren nicht getraut.«

»Und wo hat er sie gesehen?« fragte der Marquis.

Seine Stimme klang ruhig. Aus dem Krieg wußte er, daß man beim Befragen eines Soldaten keinen größeren Fehler machen konnte, als ihn anzuschreien oder selbst die Nerven zu verlieren.

»Es ist dieser Ort in der Cato Street, M'lord«, erwiderte Emily, »wo die Revolutionäre sich treffen, deren Anführer Mister Thistlewood ist.«

Die Haltung des Marquis spannte sich.

»Sagten Sie Thistlewood?«

»Ja, M'lord. Er ist der Mann, der nachts auf den Grosvenor Square kommt, um mit dem Master zu sprechen. Und Albert – das ist der Türdiener – hat sie dabei belauscht.«

»Und worüber haben sie gesprochen?«

»Sie haben den Plan gefaßt, M'lord, bei der nächsten Dinnerparty, die in Nummer vierundvierzig stattfindet, Lord Harrowby und seine Gäste umzubringen.«

Sekundenlang brachte der Marquis vor Überraschung kein Wort hervor. Dann sagte er:

»Und Sie haben Ihrer Ladyschaft davon erzählt?«

»Ja, M'lord, aber ich hätte mir im Traum nicht einfallen lassen, daß sie diesem Mordgesindel einen Besuch abstatten würde.«

»Und Sie sind davon überzeugt, daß sie das getan hat?«

»Ja, M'lord, das bin ich. Tim hat sie doch gesehen. Sie trug den Anzug, den ich ihr vom Dachboden geholt hatte, und schlich sich in den Stall, bevor Mister Thistlewood und seine Banditen dort eintrafen.«

Der Marquis preßte die Lippen aufeinander. Dann sagte er, immer noch mit ruhiger Stimme:

»Hat Tim Ihnen gesagt, wie viele es waren?«

»Zwei Dutzend ungefähr, M'lord. Vielleicht auch mehr.«

»Und Sie sagen, der Treffpunkt der Verschwörer liegt in der Cato Street?«

»Ja, M'lord. Tim meint, wenn die Kerle Ihre Ladyschaft entdecken, würden sie Ihre Ladyschaft ganz gewiß umbringen.«

»Dann lassen Sie uns hoffen, daß dies noch nicht geschehen ist«, sagte der Marquis. »Ich danke Ihnen, Emily, daß Sie den Mut aufgebracht haben, herzukommen und mich zu warnen.«

»Das mußte ich doch, M'lord, das mußte ich doch! Selbst wenn es mich meine Stellung kosten sollte, ich konnte doch nicht zulassen, daß Ihre Ladyschaft von diesen Schurken ermordet oder auch nur verletzt wird.«

»Nein, natürlich nicht«, stimmte der Marquis zu.

Er blickte Emily an und sagte:

»Was ich Ihnen vorschlagen möchte, Emily, ist, daß Sie am besten gar nicht mehr zum Grosvenor Square zurückgehen. Vielleicht sind Sie in großer Gefahr, weil

Sie mir diese Nachricht überbracht haben. Bleiben Sie also hier. Meine Haushälterin wird Ihnen ein Bett geben, und morgen werden wir miteinander bereden, was wir in Zukunft für Sie tun können.«

Tränen liefen über Emilys Wangen.

»Danke, M'lord, danke«, flüsterte sie. »Ich habe schon gedacht, daß die Dienerschaft es seltsam finden würde, als ich nach Tims Erzählung Hals über Kopf aus dem Haus rannte. Sie wissen, ich hänge an Ihrer Ladyschaft. Ich würde niemals zulassen, daß ihr ein Leid geschieht.«

»Das wird es auch nicht«, beruhigte sie der Marquis. »Und Sie werden hier in Sicherheit sein.«

Er erhob sich und verließ das Studierzimmer.

Während er Bateson in der Halle mit klaren, bestimmten Worten seine Anweisungen gab, überlegte er fieberhaft, ob und wie er Cara retten könnte.

7

Während er in seinem geschlossenen Brougham, den er ab und zu in London benutzte, zur Cato Steet unterwegs war, konnte der Marquis es immer noch nicht fassen, daß das, was Emily ihm berichtet hatte, die Wahrheit sein sollte.

Doch während sich seine Gedanken jagten, erinnerte er sich daran, daß er am Morgen zu Cara gesagt hatte:

»Heute abend werde ich zu Hause dinieren. Morgen abend allerdings nicht, da ich mit dem Kabinett bei Lord Harrowby eingeladen bin.«

Sie hatte keinen Kommentar dazu gegeben, und ihm wäre es nie in den Sinn gekommen, ihr Schweigen könnte irgend etwas zu bedeuten haben.

Doch nun sah er klar. Er hatte keinen Zweifel mehr darüber, daß sie zur Cato Steet gegangen war, um herauszufinden, ob Emilys Erzählung der Wahrheit entsprach und diese Leute für den nächsten Abend tatsächlich die Ermordung der Kabinettsmitglieder planten.

Ein unglaubliches Verbrechen!

Und doch gab es dem Marquis recht, der immer schon vor einem nahe bevorstehenden Gewaltausbruch gewarnt hatte. Die Saat des Aufruhrs war langsam und stetig gewachsen, und keiner der Verantwortlichen hatte etwas dagegen unternommen. Mein Gott, nicht einmal bemerkt hatte man das drohende Unheil, in blinder Naivität die Augen davor verschlossen!

Um sicher zu sein, daß Cara wirklich das Haus verlassen hatte und nicht im Bett lag und schlief, hatte er, bevor er sich umkleidete, die Tür zu ihrem Schlafzimmer geöffnet und nachgeschaut.

Wäre die Tür verschlossen gewesen wie in jeder Nacht seit dem Tag, an dem sie geheiratet hatten, würde er gewußt haben, daß seine Furcht unbegründet gewesen war.

Doch die Tür ließ sich öffnen. Noch bevor er ihr leeres Bett sehen konnte, wußte er, daß Cara ganz impulsiv den verrücktesten und gefährlichsten Entschluß ihres Lebens gefaßt und in die Tat umgesetzt hatte.

Der Marquis unterschätzte die Gefahr nicht, in der sie schwebte, und nachdem er seinem Kutscher befohlen hatte, in einer dunklen Seitenstraße der Edgware Road anzuhalten, ging er allein weiter zur Cato Street.

Es war bereits lange nach Mitternacht. Die Straßen schienen wie ausgestorben, und es herrschte eine fast absolute Stille.

Nicht einmal die zwielichtigen Figuren, die man sonst in Gegenden dieser Art anzutreffen pflegte, ließen sich blicken.

Der Marquis fand die Cato Street ohne Schwierigkeiten.

Es war eine enge, abgelegene Gasse mit einigen halbzerfallenen Ställen auf der einen und mehreren baufälligen Backsteinhäusern auf der anderen Seite.

Die meisten der Häuser schienen leerzustehen. In

einem allerdings gab es eine Taverne, durch deren schmutzstarrende Fenster fahler Lichtschein auf das holprige Steinpflaster fiel.

Der Kneipe gegenüber erkannte der Marquis ein düsteres, ebenfalls halbverfallenes Stallgebäude, das seinen Blick mit magischer Gewalt anzuziehen schien.

Ohne konkrete Anhaltspunkte dafür zu haben, hatte der Marquis das Gefühl, es handle sich um den Platz, von dem Emily gesprochen hatte.

Das Tor, das schief in den Angeln hing, stand einen Spalt breit offen, doch er ging nicht darauf zu. Statt dessen blieb er im Schatten einer Haustür auf der gegenüberliegenden Straßenseite stehen.

Eine Minute etwa verharrte er reglos, spähte zu dem Stallgebäude hinüber und lauschte. Während er so dastand, verdichtete sich in ihm der Eindruck, daß das Haus, vor dem er sich befand, völlig unbewohnt war. Er trat einen Schritt vor und blickte an der Fassade hoch. Dunkel gähnten die Fensteröffnungen. Die meisten der Scheiben waren zerbrochen. Als der Marquis mit der Hand gegen die Haustür drückte, stellte er fest, daß sie unverschlossen war.

Vorsichtig glitt er in den Hausflur, stieg auf Zehenspitzen die Treppe hinauf und betrat eine Wohnung, die auf der Straßenseite lag.

Vom ehemaligen Küchenfenster aus hatte er einen guten Blick auf den Stall gegenüber.

Er glaubte, das Aufblitzen eines Lichtscheins gesehen zu haben, war jedoch nicht ganz sicher.

Alles schien ruhig.

Zu ruhig eigentlich.

Der Marquis hatte das Gefühl, die Gefahr mit den Händen greifen zu können.

Aber nichts geschah.

Plötzlich erfaßte ihn eine panikartige Angst um Cara.

»Wie konnte sie nur etwas so Unbesonnenes tun?« murmelte er. »Verkleidet sich als Junge, schleicht sich allein in diesen Stall und belauscht eine Zusammenkunft von Männern, die vor keiner Bluttat zurückschrecken und denen ein Menschenleben nichts bedeutet.«

Mißbilligend schüttelte der Marquis den Kopf. Trotzdem mußte er zugeben, daß Caras Mut ihm gewaltig imponierte und daß er keine Frau kannte, die ein solches Wagnis auf sich genommen hätte.

Doch von Anfang an war sie ihm ungewöhnlich, ja sogar unberechenbar erschienen.

Dabei war sie so zierlich, so zerbrechlich und zart.

Unerträglich der Gedanke, es könnte ihr etwas zustoßen, oder jemand könnte sie foltern, um sie zum Sprechen zu bringen, bevor er sie umbrachte.

Zum erstenmal, seit er Broome House verlassen hatte, dachte er, daß er vielleicht doch besser Hilfe mitgenommen hätte.

Doch wenn Emily recht hatte und sich in dem gegenüberliegenden Stall an die zwei Dutzend Männer zu einem konspirativen Treffen versammelt hatten, hätte er zumindest die gleiche Anzahl aufbringen müssen, um ihnen gewachsen zu sein. Aber woher hätte er in der Kürze der ihm zur Verfügung stehenden Zeit und mitten in der Nacht so viele Leute herholen sollen?

Es blieb ihm also nichts übrig, als das gegenüberliegende Gebäude im Auge zu behalten und die weitere Entwicklung der Dinge abzuwarten.

Ohnmächtig knirschte der Marquis mit den Zähnen. Das Warten wurde ihm immer unerträglicher.

Schon war er drauf und dran, seine Passivität aufzugeben und etwas zu unternehmen, als das schiefhängende Tor des Stalles langsam und vorsichtig geöffnet wurde.

Der Marquis hielt den Atem an.

Er sah einen Mann, der den Kopf durch den Türspalt stecke und die Straße hinauf- und hinunterspähte.

Als er sicher war, daß niemand zu sehen war, stieß er das Tor ein Stück weiter auf und glitt auf die Straße.

Hinter ihm folgten seine Spießgesellen – einer nach dem anderen.

Es waren keine Arbeiter mit gekrümmten Rücken, die allen Grund hatten, gegen Hunger und Arbeitslosigkeit zu protestieren, sondern Unzufriedene der Oberklasse, die schon immer bereit gewesen waren, nackte Gewalt gegen vernünftige Argumente zu setzen.

Es waren Männer, die gleichsam sichtbar den Stempel des Rebellen an sich trugen, wie der Marquis unwillkürlich dachte. Verwegene Gestalten mit dem Aussehen von Freibeutern, die bereit waren, ihr Leben aufs Spiel zu setzen, wenn sich die Beute lohnte.

Keiner von ihnen sprach ein Wort. Sie verließen das Gebäude in absolutem Schweigen, wandten sich in verschiedene Richtungen und waren Sekunden später verschwunden wie ein nächtlicher Spuk.

Als der letzte der Männer in der Dunkelheit untergetaucht war, trat jemand auf die Straße hinaus, von dem der Marquis annahm, daß es Thistlewood, der Anführer der Verschwörer, war.

Offensichtlich handelte es sich bei ihm um einen Mann von adliger Herkunft, der durchaus als Gentleman durchgehen konnte.

Gleichzeitig jedoch hatte der Marquis den Eindruck, daß er einen kalten, grausamen Menschen vor sich hatte, der ausschließlich an sich dachte und dem das Schicksal Englands oder das der Männer, deren Anführer er war, weniger bedeutete als ein Wurm, den er unter seinem Stiefel zertrat.

Thistlewood zog das Stalltor hinter sich zu.

Ein Schloß schien es nicht zu geben, aber dem Marquis war klar, daß dies seinen Verdacht nur erhärtete. Diese Leute wollten auf keinen Fall entdeckt werden, und ein verschlossenes Tor war in dieser Gegend verdächtig. Ein verschlossenes Tor deutete daraufhin, daß es hinter ihm etwas zu holen gab. Jeder Dieb hätte darin eine Aufforderung gesehen, es aufzubrechen und dahinter nach Dingen zu suchen, die das Mitnehmen lohnten.

Nachdem Thistlewood das Tor so dicht wie möglich beigezogen hatte, strafften sich seine Schultern. Er zögerte noch und warf einen Blick zu der Taverne hinüber, als verspürte er Durst auf einen Drink.

Er machte einige Schritte auf den Eingang zu, und in dem Lichtschein, der durch die Fenster fiel, vermochte der Marquis das Gesicht des anderen deutlich zu erkennen. Sofort war ihm klar, daß er einen Mann vor sich hatte, der zum Verbrecher geboren war.

Ein brutaler Zug lag um den schmallippigen, zu einer harten Linie zusammengepreßten Mund. Gleichzeitig war auf dem scharfgeschnittenen Gesicht der Ausdruck eines sadistisch anmutenden Triumphs zu erkennen, der wohl auf den Ausgang der Zusammenkunft zurückzuführen war.

Plötzlich blieb der Mann stehen. Offensichtlich hatte er es sich anders überlegt, denn er wandte sich nach links und ging in Richtung Edgware Road davon.

Der Marquis wartete, bis Thistlewood außer Sicht war, dann verließ er die Wohnung, stieg die Treppe hinunter auf die Straße.

Mit raschen Schritten überquerte er die Gasse und näherte sich dem Stallgebäude.

Vorsichtig drückte er das Tor auf.

Aus dem Krieg wußte er, daß Männer oft genug ihr Leben verloren hatten, weil sie glaubten, der Feind hätte eine bestimmte Stellung geräumt, und dann erkennen mußten, daß er eine Wache zurückgelassen hatte.

Erst nachdem er etwa eine halbe Minute gewartet und in den Stall hineingelauscht hatte, machte er einen vorsichtigen Schritt über die Schwelle ins Innere.

Dunkelheit umfing ihn. Es roch nach feuchtem Heu, und während seine Augen sich an die Dunkelheit gewöhnten, glaubte er über sich die Öffnung zu dem Heuboden zu erkennen, auf dem die Verschwörer sich getroffen hatten.

Nirgends sah er eine Leiter.

Thistlewood würde sie versteckt haben, bevor er den Stall verließ.

Der Marquis tat einige weitere Schritte in die Dunkelheit hinein, lauschend, die Sinne immer noch zum Zerreißen gespannt.

Stille. Nichts regte sich.

Falls Cara hier war, mußte er sie auf sich aufmerksam machen.

»Cara!«

Seine Stimme war nicht mehr als ein Flüstern.

Schweigen.

Einen Moment lang glaubte er, daß er auf der falschen Spur wäre.

Dann hörte er einen Laut der Überraschung und eine Sekunde später ihre Stimme.

»Sind Sie es wirklich?«

»Ja, ich bin hier«, antwortete er. »Wo bist du?«

Angestrengt spähte der Marquis in die Richtung, aus der Caras Stimme gekommen war, konnte jedoch nichts erkennen. Er schlich zum Stalltor zurück, öffnete es ein wenig weiter und ging mit vorsichtigen Schritten tiefer in den Stall hinein.

Schließlich blieb er stehen.

»Wo bist du?« fragte er ein zweites Mal.

»Hier bin ich!« Ihre Stimme verriet dem Marquis, daß ihr Standort genau über ihm sein mußte.

Er stellte fest, daß sie über eine beschädigte Futterkrippe in eine Heuraufe geklettert war und sich direkt unter den Dielen des Heubodens oberhalb der Stallboxen befand.

Der Marquis trat einen Schritt vor und streckte ihr die Arme entgegen.

»Komm, spring! Ich werde dich schon nicht fallen lassen.«

Sie schwang ein Bein über die Querstange der Raufe, beugte sich zu ihm hinunter und faßte ihn bei den Schultern.

»Du bist ganz sicher, es passiert dir nichts«, sagte er. »Schwing auch das andere Bein über die Strebe und laß dich fallen!«

Sie sprang und landete in seinen Armen.

Fest preßte er sie an sich und fühlte plötzlich, wie sie die Arme um seinen Hals schlang. Ihre Lippen berührten sein Ohr.

Mit gehetzter Stimme stieß sie hervor:

»Sie... sie wollen dich – töten, Ivo! Sie werden dich morgen abend – töten!«

Die Worte kamen stoßweise und stockend. Er erkannte, wie entsetzt und voller Angst sie war. Noch fester preßte er sie an sich und fühlte, daß ihr Herz wild und verzweifelt gegen das seine schlug.

Seine Augen versuchten die Dunkelheit zu durchdringen, aber er sah nur den etwas helleren Fleck ihres Gesichtes.

»Wie konntest du nur diesen Ort aufsuchen! Wie konntest du nur so unglaublich...«

Er hielt inne.

Er wurde sich bewußt, daß er sie heil und gesund in seinen Armen hielt. Alle Worte waren überflüssig. Seine Lippen fanden die ihren, und er küßte sie. In diesem Augenblick wurde ihm klar, daß er sie liebte.

Während des Wartens in dem leerstehenden Haus gegenüber war er fast wahnsinnig geworden vor Ungewißheit und Sorge. Doch nun überschwemmte ihn die Erleichterung darüber, daß er sie wohlbehalten wiedergefunden hatte, wie eine Woge. Er war glücklich. Glücklich wie noch nie zuvor in seinem Leben. Und das konnte nur Liebe sein.

Nie, auch nicht für einen kurzen Augenblick, war es ihm in den Sinn gekommen, daß er sich je in Cara verlieben könnte.

Doch nun, da ihre Lippen sich zum Kuß gefunden hatten, fiel es ihm wie Schuppen von den Augen, daß sie sich Tag für Tag tiefer in sein Herz eingeschlichen hatte, auch wenn er sich dessen nicht bewußt geworden war oder es vor sich selbst nicht hatte zugeben wollen.

Er liebte. Liebte mit einer Intensität und Ausschließlichkeit, die er nie für möglich gehalten hätte.

Für Cara war es, als öffnete sich der Himmel über ihr.

Sie fühlte sich überflutet von einer Lichtfülle, die all die Dunkelheit, die es in ihrem Leben gab, mit einem Schlag vertrieben hatte.

Ohne sich dessen bewußt zu sein, klammerte sie sich noch fester an den Marquis, und ihre Lippen erwiderten seine Küsse.

Wie lange sie sich so umschlungen hielten und küßten, wußte keiner von beiden.

Aber schließlich hob der Marquis den Kopf, als kehrte er aus einem Traum wieder in die Realität zurück.

»Um Himmels willen, wir müssen fort von hier! Ich hatte solche Angst, daß diese Teufel dich töten würden.«

»Sie wollen – dich – töten!« murmelte Cara.

Die Art, wie sie das sagte, zeigte dem Marquis, daß sie den Sinn ihrer Worte noch gar nicht richtig begriff. Sie war wie in Trance. Etwas war über sie gekommen wie ein Rausch. Genau wie der Marquis, schien sie den Himmel gesehen zu haben und wollte nicht wieder auf die Erde zurück.

Noch immer hielt der Marquis sie in den Armen, und ohne sie abzusetzen, ging er mit ihr zum Tor.

Erst als sie es erreicht hatten, verhielt er den Schritt. Vorsichtig reckte er den Kopf und blickte die Gasse hinauf und hinunter.

Niemand war zu sehen. Die Gasse wirkte wie ausgestorben.

Der Marquis trat mit seiner Last in die Gasse hinaus und schlug den Weg ein, den er gekommen war.

Cara sprach kein Wort. Sie hatte das Gesicht an seiner Schulter vergraben und schien immer noch in jener Ekstase zu weilen, in die seine Küsse sie versetzt hatten.

Erst als die Kutsche in Sicht kam, fragte sie:

»Möchtest du mich nicht hinunter lassen, damit ich gehe?«

»Nein«, antwortete der Marquis. »Ich halte dich lieber fest. Ich fürchte immer noch, ich könnte dich verlieren.«

Er verstärkte den Druck seiner Arme und preßte sie fester an sich, und Cara hatte sich noch nie so sicher und glücklich gefühlt.

Als der Diener ihrer ansichtig wurde, sprang er vom Bock und öffnete die Wagentür.

Vorsichtig setzte der Marquis Cara auf den Rücksitz, bevor er selbst ins Wageninnere stieg.

Während der Diener die Pelzdecke über ihre Knie legte, fragte er:

»Nach Hause, M'lord?«

»Ja, nach Hause«, erwiderte der Marquis.

Nachdem der Diener den Wagenschlag geschlossen hatte und auf den Kutschbock gestiegen war, setzten sich die Pferde in Bewegung.

Der Marquis legte den Arm um Cara.

Eine Frage kam ihm in den Sinn, die er ihr gerne gestellt hätte.

Doch dann sah er im Schein der silbernen Laterne, die über dem gegenüberliegenden Sitz angebracht war, wie sie ihn von der Seite her anschaute. Die großen, vor Erregung leuchtenden Augen schienen eine einzige Bitte zu sein. Er wußte, es gab in diesem Moment nur eins, was von wirklicher Wichtigkeit war: sie zu küssen.

Immer noch aufgewühlt von der Gefahr, in der sie geschwebt, und der Angst, die er um sie gelitten hatte, riß der Marquis sie mit einer fast wilden Bewegung an sich.

Wieder preßten sich seine Lippen auf die ihren. Er küßte sie leidenschaftlich und fordernd und mit der verzweifelten Furcht eines Ertrinkenden, der schon alle Hoffnung aufgegeben hatte und seine Rettung immer noch nicht fassen kann.

Der Marquis hatte die soeben durchlebte Angst noch nicht abschütteln können. Der Gedanke an die Gefahr, in der Cara geschwebt hatte, war immer noch voller Schrecken für ihn.

Und er wußte, der Taumel der Gefühle, der ihn erfaßt hatte, unterschied sich von allem, was er bisher gefühlt und erlebt hatte.

Gewiß, seine Angst um Cara hatte diese Gefühle verstärkt, doch es gab keinen Zweifel für ihn, daß er noch nie im Leben bei einem Kuß das empfunden hatte, was er in dem Augenblick empfand, als er Caras Lippen auf den seinen spürte.

Er begehrte Cara nicht nur als Frau, obgleich ihr Mund weich, hingebungsvoll und doch voller Unschuld war. In dem, was ihn erfüllte, war eine Beglückung, die das Körperliche weit überstieg. Und sein Instinkt, der ihn noch nie getäuscht hatte, sagte ihm, daß er die Frau in den Armen hielt, die er stets gesucht, doch bis jetzt nie gefunden hatte.

Es gab keine Erklärung dafür, keine Begründung. Er wußte nur, daß er sie liebte. Liebte mit einem Gefühl, das vor ihr keine andere Frau in ihm zu erwecken vermocht hatte.

Er hatte den Wunsch, sie zu beschützen und glücklich zu machen, und eine Stimme in seinem tiefsten Inneren sagte ihm, daß er sie mehr liebte als das eigene Leben.

Erst als sie bereits den halben Weg bis zum Square zurückgelegt hatten, hob der Marquis den Kopf. Mit einem völlig verzückten Klang in der Stimme, den er noch nie bei ihr gehört hatte, sagte Cara:

»Ich – liebe – dich! Oh, Ivo, ich – liebe dich so sehr, aber ich habe es nicht gewußt. Erst als ich hörte, daß diese gottlosen Teufel dich töten wollen, fiel es mir wie Schuppen von den Augen.«

Jetzt endlich war der Marquis imstande, das zu sagen, was er schon früher hatte sagen wollen.

»Wie konntest du nur etwas so Verrücktes tun und diesen Ort aufsuchen? Allein und ohne mir eine Nachricht zu hinterlassen? Wie konntest du nur so leichtsinnig dein Leben aufs Spiel setzen?«

»Ich mußte sicher sein, daß Albert nicht übertrieben hatte, daß es stimmte, was er sagte. Ich mußte wissen, ob dir wirklich der Tod droht, wenn du morgen abend an Lord Harrowbys Dinnergesellschaft teilnehmen würdest...«

Als ihre Stimme erstarb, fragte der Marquis:

»Wärst du traurig über meinen Tod gewesen? Ich glaubte immer, du wolltest frei von mir sein.«

»Ich liebte dich doch – wenn ich mir dessen auch noch nicht bewußt war«, antwortete Cara. »Aber nun weiß ich es, und... bitte, laß mich bei dir bleiben!«

Der Marquis antwortete nicht sofort, und sie fügte hastig hinzu:

»Du bist doch nicht böse mit mir?«

»Nein!« versicherte ihr der Marquis. »Du hast mir nur einen entsetzlichen Schreck eingejagt. Noch nie zuvor habe ich solche Angst gehabt. O mein Liebling, versprichst du mir, so etwas nie wieder zu tun?«

Er spürte, wie sie unter seinen Küssen erbebte. Dann schien sie den Aufruhr ihrer Gefühle nicht länger ertragen zu können. Sie barg ihr Gesicht an seinem Hals.

»Wenn ich bei dir bleiben darf«, flüsterte sie, »habe ich keine Angst mehr. Ich fühle mich geborgen und sicher bei dir, aber ich muß wissen, daß auch dein Leben nicht mehr in Gefahr ist.«

»Es wird nicht in Gefahr sein«, versprach er ihr. »Denn dir verdanke ich, daß Harrowbys Dinnerparty morgen abend nicht stattfinden wird.«

Er hörte, wie sie erleichtert aufseufzte. Als er ihr Gesicht dem seinen entgegenheben wollte, um sie erneut zu küssen, stellte er voller Bedauern fest, daß sie den Berkeley Square erreicht hatten.

In der Halle würde nur ein Nachtlakai Dienst tun, denn der Marquis hatte Bateson vor Verlassen des Hauses aufgetragen, zu Bett zu gehen und nicht auf ihn zu warten.

Außerdem wollte er nicht, daß mehr Diener als nötig Cara in Männerhosen sahen.

»Geh sofort auf dein Zimmer, mein Schatz!« sagte er, als der Wagen anhielt. »Ich werde dir etwas zum Essen und Trinken bringen. Dann kannst du mir in Ruhe alles erzählen, was geschehen ist.«

Im Lichtschein, der aus der Halle fiel, sah er, wie sie ihn anlächelte. Unwillkürlich dachte er, daß trotz der sonderbaren Kleidung, die sie trug, keine Frau schöner und bezaubernder aussehen konnte als sie.

Der Nachtdiener öffnete den Wagenschlag, und Cara schlüpfte hinter dem Marquis aus der Kutsche. Sie verschwand in der Halle, noch ehe der Mann wußte, was geschah.

Der Marquis ließ sich Zeit, seinen Kutscher zu entlassen. Dann ging er ins Haus und übergab dem Nachtdiener Umhang und Zylinder.

Aus dem Studierzimmer holte er eine Flasche Sekt, Gläser und die Platte mit Sandwiches, die dort stets für ihn bereitstand, wenn er außerhalb diniert hatte, und trug alles hinauf zu Caras Zimmer.

Unterwegs dachte er, daß er sich noch nie im Leben so glücklich gefühlt hatte.

Eine ungeheure Spannung erfüllte ihn. Es war, als höbe sich der Vorhang über einem Stück, das er nie zuvor gesehen hatte und von dem er dennoch wußte, daß es erregender und mitreißender sein würde, als er es sich je hätte träumen lassen. Cara wartete auf ihn.

Sein Kammerdiener half ihm beim Entkleiden. Der Marquis legte einen bis zum Boden reichenden Seidenmantel an, nahm das Tablett mit dem Sekt und den belegten Broten in die linke Hand und öffnete mit der rechten die Verbindungstür zwischen dem kleinen Boudoir und Caras Schlafgemach.

Er wußte, die Tür würde nicht abgeschlossen sein.

Als er den Raum betrat, fand er Cara im Bett sitzend.

In ihrem durchsichtigen Nachtgewand und dem im warmen Kerzenlicht schimmernden Goldhaar sah sie hinreißend aus.

Keine Frau konnte so weiblich, so reizvoll und begehrenswert sein wie sie.

Er stellte das Tablett auf den Ankleidetisch.

Dann ließ er sich neben ihr auf dem Bettrand nieder, blickte Cara tief in die Augen und sagte mit seiner dunklen Stimme:

»Du bist wieder da. Ich habe dich sicher nach Hause gebracht. Im Moment kann ich an nichts anderes denken.«

»Ich mußte fortgehen. Ich hätte keine Ruhe gefunden, bevor ich nicht wußte, ob dir eine Gefahr droht oder nicht«, sagte Cara. »Oh, Ivo, nun mußt du alle anderen retten, die auf der Todesliste dieser Mörder stehen!«

»Du wirst mir darüber berichten. Jede Einzelheit!« Die Stimme des Marquis klang unkonzentriert.

Hingebungsvoll betrachtete er jeden Zug in Caras Gesicht, die Weichheit und den Schwung ihrer Lippen. »Ich liebe dich«, sagte er. »Warum ist mir das erst jetzt bewußt geworden? Du darfst dein Leben nie wieder in Gefahr bringen. Ich könnte es nicht ertragen, dich zu verlieren!«

»Liebst du mich wirklich?« fragte Cara. »Ich kann es immer noch nicht glauben.«

»Ich werde es dir beweisen«, sagte er. »Und es ist mein heiliger Ernst, Liebste, wenn ich dir versichere, daß ich mir das, was ich für dich empfinde, schon immer gewünscht und ersehnt habe. Mein ganzes Leben war eine Suche danach, obwohl ich es nicht wußte.«

Cara stieß einen leisen Entzückensschrei aus.

Dann sagte sie: »Wie konnte ich nur so blind sein, so verblendet, daß ich nicht vom ersten Augenblick unserer Begegnung an wußte, daß du der Mann bist, von dem ich immer geträumt habe. Immer stand für mich fest: Irgendwo auf der Welt lebt der Mann, der zu mir gehört und den ich lieben kann, wie Mama Papa geliebt hat.«

»Und wie ich dich liebe!«

Er beugte sich vor und nahm sie in die Arme.

Als ihr Kopf in die Kissen zurücksank, betrachtete er sie eine Weile wie gebannt. Es war, als versuchte er, sich ihre Schönheit für immer einzuprägen, bevor er ihr Gesicht mit Küssen bedeckte.

Cara stöhnte auf, dann schlang sie die Arme um seinen Hals und zog ihn an sich – fester und fester.

*

Lange Zeit danach bewegte Cara den Kopf, der an der Brust des Marquis lag, und fragte:

»Wie konnte ich nur so dumm sein, die Zeit mit dem Gedanken an Flucht zu verschwenden. Ich bildete mir ein, vor dir davonlaufen zu müssen. Nun weiß ich, daß es so etwas wie Selbstmord gewesen wäre, wenn ich es getan hätte. Ja, ich wollte lieber sterben, als bei dir zu bleiben.«

»Bitte, Liebste, sprich nicht mehr davon. Sprich nicht vom Sterben! Du darfst nicht sterben, du mußt leben, denn du bist mein. Vergiß nicht, was ich dir gesagt habe: Ich werde jeden töten, der auch nur den Versuch macht, dich mir wegzunehmen.«

»Niemand wird dazu imstande sein!« flüsterte Cara. »Doch ich wußte nicht, wie wundervoll und überwältigend die Liebe ist.«

»Habe ich dich erschreckt?« fragte der Marquis sanft.

»Wie könntest du mich erschrecken! Ich liebe dich doch, ich bete dich an, ich gehöre dir mit allem, was ich bin und habe.«

»Aber in der ersten Nacht, die du auf Broome verbrachtest, hattest du Angst vor mir«, sagte der Marquis vorwurfsvoll. »Das hat mich sehr beunruhigt.«

»Ich werde nie Angst vor dir haben, nur um dich. Vor allem, wenn ich an diesen schrecklichen Mister Thistlewood oder an Onkel Lionel denke.«

Als brächten diese Worte beide wieder in die Wirklichkeit zurück, sagte der Marquis:

»Ich weiß, mein Herz, wir müssen noch über das sprechen, was heute abend gewesen ist, aber im Augenblick kann ich an nichts anderes denken als an dich. An dich und das Glück, das du mir geschenkt hast.«

»Es ist so wundervoll, daß du mich liebst«, flüsterte Cara, »aber wir dürfen Lord Harrowby und die Mitglieder des Kabinetts nicht vergessen. Du mußt sie retten, Ivo, hörst du?«

»Das werde ich«, versprach der Marquis. »Aber sag mir zuerst noch einmal, daß du mich liebst und daß ich das alles nicht nur träume!«

Cara ließ ein entzücktes Lachen hören.

»Es kommt einem so ganz und gar unglaublich vor, nicht wahr?« sagte sie. »Ich ließ mir von Emily neue alte Sachen bringen, weil ich den vagen Vorsatz hatte, dir davonzulaufen. Und heute abend, als mir Emily von dem Komplott berichtete, das Onkel Lionel mit diesem Thistlewood plante, wußte ich, daß ich dich retten mußte.«

»Ja, aber hättest du mich nicht vor dem geplanten Attentat warnen können, ohne ein derartiges Risiko auf dich zu nehmen?«

»Ich dachte mir, du würdest es nicht glauben«, antwortete Cara. »Außerdem hatte ich das Gefühl, das Schicksal verlangte von mir, daß ich mir persönlich Klarheit über die Vorgänge verschaffte. Irgendwie stand ich unter einem unwiderstehlichen Zwang. Erst als ich mit eigenen Ohren hörte, welche grausamen, verwerflichen Dinge diese Männer vorhatten, erkannte ich, wie sehr ich dich liebte und daß ich dich retten mußte, selbst wenn es mich das Leben kosten sollte.«

Der Marquis küßte zärtlich ihre Wange, bevor er sie aufforderte:

»Nun erzählst du mir die ganze Geschichte. Vorher kommen wir nicht los davon. Und dann werden wir die Verschwörer vergessen und nur an uns denken – bis morgen früh.«

Cara legte ihm die Hand auf die Brust, als wollte sie ihn beschützen.

»Es war nicht schwer für mich, die Cato Street zu finden, denn Emily hatte mir den Weg dorthin genau beschrieben. Ich wußte auch, wo die Verschwörer sich trafen, und ich schaute mir jeden Stall in der Gasse sorgfältig an.«

»Und woher wußtest du, daß es dieser Stall war?« fragte der Marquis.

»Es war ganz einfach: In den anderen Ställen standen entweder Pferde, oder sie waren derart verfallen, daß niemand sich darin aufhalten konnte.«

»Erzähl weiter!« drängte der Marquis. »Was hast du gemacht, nachdem du den Stall gefunden hattest?«

»Ich erkannte, daß ich in Teufels Küche geraten würde, wenn man mich dort entdeckte. Doch als ich die Tür aufgedrückt hatte, sah ich die beschädigte Futterkrippe und darüber die Heuraufe. Ich sagte mir, wenn es gelingen würde, in die Raufe zu klettern, könnte ich vom Stalleingang aus unmöglich gesehen werden. Außerdem würde ich nah genug an den Dielen des Heubodens sein, um alles mitzubekommen, wovon über mir geredet wurde.«

»Clever, clever«, sagte der Marquis anerkennend. Dann, nach einer Pause: »Aber auch gefährlich.«

»Ich mußte etwa fünfzehn Minuten warten«, fuhr Cara fort, »dann betrat der erste den Stall. Er holte eine Leiter, die irgendwo versteckt war, und stellte sie an die Öffnung des Heubodens, die sich zum Glück auf der anderen Stallseite befand. Dann kletterte er nach oben. Innerhalb einer halben Stunde trafen auch die anderen nach und nach ein. Sie stiegen die Leiter hoch, und ich konnte hören, wie sie sich mit gedämpften, aber aufgeregten Stimmen miteinander unterhielten, bis Mister Thistlewood kam.«

»Und woher wußtest du, daß er es war?«

»Weil sie ihn alle sehr respektvoll begrüßten. Er berichtete ihnen, daß er sich mit Onkel Lionel getroffen habe und dieser darauf bestehe, daß du der erste seist, den sie töten sollten.«

In Caras Stimme war ein solches Entsetzen, daß der Marquis sie noch fester an sich zog. Er spürte, wie ihr Herz in ungewöhnlich schneller Folge gegen seine Brust pochte.

»Beruhige dich, mein Schatz. Es ist ja alles vorüber«, sagte er sanft. »Aber du mußt mir noch erzählen, wie es weiterging.«

»Mister Thistlewood ging alle Einzelheiten seines Plans mit ihnen durch. Dann bestimmte er einen aus der Runde, der während des Dinners bei Lord Harrowby vorfahren und sich als Bote mit einer wichtigen Nachricht für den Hausherrn ausgeben solle.«

Der Marquis nickte und hörte aufmerksam zu, als Cara fortfuhr:

»Während dieser angebliche Bote mit dem Diener spricht, dringen die anderen, die sich in kleinen Gruppen auf dem Platz verteilt haben, ins Haus ein.«

Ihre Finger krallten sich in die nackte Schulter des Marquis, als sie hinzufügte:

»O, Ivo, sie haben vor, das ganze Kabinett zu töten und – falls es Widerstand leiste – auch die Dienerschaft. Einer der Männer, der wohl Metzger von Beruf ist, will Lord Castlereagh und Lord Sidmouth regelrecht enthaupten!«

Der Marquis zog hörbar den Atem ein und

schaute Cara fassungslos an. Doch er unterbrach sie nicht, und sie fuhr mit zitternder Stimme fort:

»Er hat dafür zwei Taschen besorgt und verkündete außerdem, daß er Lord Castlereagh auch noch die rechte Hand abhacken werde, weil er glaube, daß sie ein wertvolles Souvenir wäre.«

»Sie alle müssen wahnsinnig sein!« stieß der Marquis entrüstet hervor.

»Ja, so hörten sie sich an«, stimmte Cara zu. »Und wenn sie alle Mitglieder umgebracht haben, wollen sie vom Dach des Hauses eine Rakete in die Luft schießen als Signal für ihre Freunde.«

»Und was soll dann geschehen?«

»Dann werden sie ein Öllager in der Nähe des Grosvenor Square in Brand stecken, um die Menge anzulocken.«

»Haben sie das wirklich gesagt?« fragte der Marquis. »Was wollen sie damit erreichen?«

»Mister Thistlewood erklärte, das Feuer werde eine riesige Menschenmenge anlocken, die beim Anblick der hingemetzelten Regierungsmitglieder alle Hemmungen und ihre Angst vor der Obrigkeit verlöre. Mit dieser Menschenmasse will man dann zum Hyde Park marschieren und dort die Kasernen besetzen.«

»Mein ganzes Leben habe ich keinen wahnwitzigeren Plan gehört als diesen!« rief der Marquis zornig.

»Das ist noch nicht alles. Thistlewood ist überzeugt, mit hundert Aufständischen die Bank von England plündern zu können. Danach wollen sie zum Tower von London ziehen und die Tore des Newgate-Gefängnisses öffnen.«

»Unglaublich!« Der Marquis schüttelte den Kopf. »Und du glaubst tatsächlich, dein Onkel weiß davon?«

»Mister Thistlewood sprach voller Stolz und Hochachtung von ihm«, erwiderte Cara. »Ich bin sicher, es war Onkel Lionel, der ihnen die Laus in den Pelz gesetzt hat, daß sie danach eine neue Regierung bilden und auf den Stufen des Mansion House proklamieren könnten.«

Der Marquis erinnerte sich an die Worte des Earls, der sich vor ihm damit gebrüstet hatte, er sei ihm auf Gedeih und Verderb ausgeliefert.

Doch soweit würde es nun zum Glück nicht kommen.

Das Blatt hatte sich gewendet.

Der Earl war ihm, dem Marquis, ausgeliefert. Er würde als Landesverräter am Galgen enden.

Doch davon sagte er kein Wort zu Cara. Er fragte lediglich:

»Und was haben sie sonst noch geplant?«

»Nichts«, erwiderte Cara. »Danach haben sie ihre Musketen, Spieße und Handgranaten gezählt. Mister Thistlewood teilte jedem seine Waffen zu. Morgen abend nach Einbruch der Dunkelheit haben sie diese in der Cato Street abzuholen und sich anschließend damit zu ihren Verstecken auf dem Square zu begeben. Mister Thistlewood sagte auch, daß Onkel Lionel eine große Geldsumme zur Anschaffung weiterer Waffen, vor allem Pistolen, zur Verfügung gestellt habe.«

Der Marquis hatte nicht den geringsten Zweifel, daß der Earl damit rechnete, die Dankbarkeit der Aufständischen würde ihm einen hohen Posten in der neuen Regierung sichern, und die eingesetzte Summe ließe sich dann ohne Schwierigkeiten verfünf- oder verzehnfachen.

»Und was unternahmen sie dann?« fragte er Cara.

»Sie schworen Mister Thistlewood den Treueid, versprachen, ihm mutig zu folgen, und wählten ihn zum Herren des Landes.«

Der Marquis vermochte das Gehörte kaum zu glauben.

Und doch unterschätzte er die Gefahr nicht, die von diesem Komplott ausging.

Selbst wenn es diesen Burschen nicht gelang, all ihre Pläne durchzusetzen, sie waren dennoch imstande, dem Land großen Schaden zuzufügen. Vor allem würde es nicht allzu schwer für sie sein, alle umzubringen, die am kommenden Abend an Lord Harrowbys Dinnergesellschaft teilnahmen.

»Du warst sehr tapfer, mein Liebling«, sagte er zu Cara. »Und was du in der Cato Street herausgefunden hast, ist für die Regierung von unschätzbarem Wert. Wenn diese Verschwörer morgen abend festgenommen sind und hinter Schloß und Riegel sitzen, verdanken dir viele hochgestellte und bedeutsame Männer ihr Leben. Dennoch kann ich nicht zulassen, daß du in diese Angelegenheit verwickelt wirst.«

Als Cara ihn verständnislos anschaute, erklärte er ihr:

»Als meine Gemahlin und die Marchioneß von Broome würdest du Anlaß zu allerlei Klatsch geben, wenn bekannt würde, daß du einem lauschenden Diener geglaubt und dich als Junge verkleidet in eine Versammlung von Halsabschneidern und Revolutionären geschlichen hast.«

»Ich verstehe.«

»Ich werde deshalb nur dem Premierminister berichten, wie ich Kenntnis von dem erhielt, was ich ihm morgen früh mitteile.«

»Worauf es ankommt, ist nur eins – daß du in Sicherheit bist«, sagte Cara. »Ich habe nicht den

Wunsch, mit irgend jemandem darüber zu reden. Nicht einmal mehr denken möchte ich daran. Ich weiß nur, daß ich sie sagen hörte, du müßtest sterben, und daß ich das Gefühl hatte, ein Dolch würde mir ins Herz gestoßen.«

»Nun weißt du, wie ich empfand, als ich vor dem Stall auf dich wartete, Liebling. Mein Gott, ich rechnete ständig damit, daß einer der Schurken dich entdecken würde und vielleicht sogar foltern könnte.«

Cara stieß einen kleinen Entsetzensschrei aus, und der Marquis sagte beruhigend:

»Aber du bist ihnen entkommen. Niemand hat etwas gemerkt. Nun bist du sicher, vollständig und absolut sicher. Und nie wieder, nie, nie, nie werde ich zulassen, daß du dich noch einmal in eine solche Gefahr begibst.«

»Dazu verspüre ich auch nicht die geringste Lust«, antwortete Cara. »Weil ich dich liebe, möchte ich nur eins: dir Freude machen und alles tun, was du von mir verlangst.«

Der Marquis schenkte ihr einen zärtlichen Blick, und der Gedanke durchzuckte ihn, daß er wohl noch nie eine Frau auf diese Weise angeschaut hatte.

»Ich liebe dich, Cara«, sagte er leise. »Ich liebe dich genauso ausschließlich und tief, wie du mich liebst. Es mag seltsam klingen aus meinem Mund, aber es ist die Wahrheit – und nichts als die Wahrheit.«

»Ja«, erwiderte Cara, »auch aus meinem Mund klingt es seltsam, wenn ich zu dir sage: Ich liebe dich! Wie hätte ich auch ahnen können, daß es jemals dazu kommen würde! Vor wenigen Stunden glaubte ich noch, alle Männer zu hassen. Ich fand sie ekelhaft, abstoßend und furchterregend. Und jetzt zittert mein ganzer Körper vor Sehnsucht nach dir. Ich begehre dich, ich sehne mich nach deinen Küssen, möchte von dir geliebt werden, bis ich alles um mich her vergessen habe, bis es nur noch dich für mich gibt – auf der ganzen Welt nur noch dich!«

Die Art, wie sie das sagte, mit einem Anflug von Leidenschaft in der Stimme, wie er es nie zuvor bei einer Frau gehört hatte, brachten die Augen des Marquis zum Glänzen. Ein Feuer loderte in ihnen auf.

Er war klug genug, zu wissen, daß Caras Angst und Abneigung gegen über Männern auf die Behandlung durch ihren Onkel zurückzuführen war. Und auf die Tatsache, daß sie allein und hilflos in einer feindlichen und sehr bedrohlichen Welt leben mußte.

Aber da sie Geist, Intelligenz und Persönlichkeit besaß, hatten diese Erlebnisse ihr Selbstgefühl nicht vernichten können, wie dies bei den meisten Frauen in einer solchen Lage der Fall gewesen wäre.

Cara hatte sich zur Wehr gesetzt, hatte zurückgeschlagen, gekämpft – mit dem Willen, ihr Selbst nicht aufzugeben.

Doch weil sie Haß mit Haß bezahlt hatte und ihren Widersachern nichts schuldig geblieben war, sehnte sie sich nun nach Liebe.

Der Marquis spürte, daß seine eigenen Gefühle immer mächtiger wurden. Er hob Caras Gesicht dem seinen zu und sagte:

»Was hast du mit mir gemacht, mein Herz, daß ich so für dich empfinde. Und wie habe ich etwas so Vollkommenes und Anbetungswürdiges wie dich verdient?«

»Ist das dein Ernst?« fragte sie. »Ich wünschte mir schon die ganze Zeit, daß du mich bewunderst, hatte aber keine Ahnung, daß es in Wirklichkeit der Wunsch war, von dir geliebt zu werden. Nun bin ich so glücklich, daß ich glaube, du trägst mich zum Himmel empor und ich vermag die Sterne zu berühren. Wir sind umgeben von Licht, von Harmonie und Wohlklang, und kein – Entsetzen, keine Grausamkeit können mir mehr etwas anhaben.«

Ein Schauder überlief sie, als sie die letzten Worte aussprach. Der Marquis wußte, daß sie daran dachte, wie sehr ihr Onkel sie gequält und mißhandelt hatte.

»Vergiß ihn«, sagte er zärtlich. »Er ist erledigt. Spätestens morgen nacht wird man ihn verhaften und in den Tower sperren, und wenn er nicht versucht, sich der Strafe, die ihm bevorsteht, durch Selbstmord zu entziehen, werden die Peers ihn zum Tode verurteilen.«

Der Marquis dachte, daß dem Earl eigentlich keine andere Wahl mehr blieb, als sich eine Kugel in den Kopf zu jagen, sobald er erfuhr, daß die Verschwörung aufgeflogen und die Rebellen festgenommen waren.

Es gab keine Chance für den Earl, seine Verwicklung in das Komplott gegen die Regierung zu vertuschen. Thistlewood würde ihn nach seiner Verhaftung zweifellos mit hineinreißen. Und neben den Aufrührern gab es noch die eigene Dienerschaft, die als Zeugen gegen den Earl auftreten konnten.

Normalerweise hätte der Marquis Genugtuung über die Niederlage seines Feindes verspürt, doch jetzt dachte er vor allem an Cara und daran, daß der böse Spuk in ihrem Leben nun ein Ende nahm und die Erinnerung an das Schreckliche, das der Earl ihr zugefügt hatte, immer mehr verblassen und die Macht über sie verlieren würde.

Eingehüllt in seine Liebe und in die Hingabe, die

sie für ihn empfand, würde sie vergessen. Übrig bleiben würden nur die Freude und das Glück, für immer vereint zu sein.

Als wüßte sie, was er dachte, sagte Cara leise:

»Ich liebe dich. Wie kann ich dir nur beweisen, wie sehr? Wie kann ich dir beweisen, wie unwichtig und bedeutungslos alles für mich ist außer dir?«

»Das ist es, was ich von dir hören wollte«, antwortete der Marquis. »Und bitte, sag es mir nicht einmal, sag es mir tausendmal! Hör nie damit auf, es mir zu sagen, meine Liebste! Hör nie auf damit!«

Er richtete sich etwas auf, so daß er auf sie niederblicken konnte.

Ihre Augen leuchteten vor Glück. Sie schienen das zarte Gesicht völlig auszufüllen.

Unwillkürlich dachte der Marquis, daß er noch nie zuvor wirkliche Schönheit gesehen hatte.

Er spürte die Wärme und die weiche Geschmeidigkeit ihres Körpers. Ihre Finger krallten sich in seine Schultern, als fürchtete sie sich, ihn loszulassen. Ihr Atem ging keuchend und stoßweise, und ihre Lippen waren leicht geöffnet.

Der Marquis fühlte, wie das Feuer, das sie in ihm entfachte, zur lodernden Flamme wurde.

Er wußte, daß er sehr sanft und behutsam sein mußte, weil Cara so jung und zerbrechlich war. Nur langsam durfte er ihr das Flammenmeer zeigen, das in ihm brannte, damit sie auf seine Liebe und Leidenschaft antwortete wie eine Blume, deren Blüten sich Tag um Tag mehr öffnen.

Da er ein sehr erfahrener Liebhaber war, hatte er in Cara schon etwas geweckt, und dieses Erwachen ihrer Sinnlichkeit erregte den Marquis so stark, daß er sich wie in den Wolken schwebend vorkam.

Dabei wußte er: dies war erst der Anfang der Ekstase, in die sie versinken würden.

Er war sich auch bewußt, daß unter all den Frauen, die er gekannt hatte, noch keine so jung und unschuldig gewesen war wie Cara. Sie in die Liebe einzuführen, mußte das Erregendste und Beglückendste sein, das er in seinem Leben erfahren würde.

Als er auf sie niederblickte, wurde ihm klar, daß all die Frauen, die er hatte kommen und gehen sehen, die versucht hatten, ihn an sich zu binden und gescheitert waren, nur Schatten der Wirklichkeit darstellten, in die Cara ihn hineingezogen hatte.

Wie blutlose Gespenster hatten sie sich in den dunklen Fluren der Vergangenheit aufgelöst. Nie würde er sich ihrer jemals wieder erinnern.

Er hatte die wahre Liebe gefunden. Die Liebe, die alle Männer zu finden hoffen mit der Frau, die der andere, bessere Teil ihrer selbst ist.

Er dachte, daß Cara mit ihrem Mut, ihrer Unerschrockenheit und ihrer für ein junges Mädchen so ungewöhnlichen Persönlichkeit die harmonische Ergänzung seines eigenen Charakters war. Nach dieser Frau hatte er gesucht, seit jenem Tag, an dem er erkannt hatte, daß er ohne eine wirkliche Gefährtin und Partnerin nur ein halber Mensch bleiben würde.

Er verspürte nicht nur den Wunsch, sie immer mehr zur Frau zu erwecken und sie in alle Geheimnisse der Liebe einzuführen, sondern er empfand auch eine tiefe Dankbarkeit gegenüber dem Schicksal, das ihm die Tore des Paradieses geöffnet hatte, nach dem alle Männer auf der Suche sind.

Als wäre sie verwirrt durch sein Schweigen und die Art, wie er sie anblickte, fragte Cara:

»Denkst du über mich nach?«

»Ja, nur über dich, mein einziger Liebling. Du erfüllst mein Bewußtsein, meinen Blick, mein Herz und meine Seele – falls ich eine solche besitze.«

»Das wünschte ich mir, von dir zu hören, denn genauso empfinde ich meine Liebe zu dir.«

Nachdem sie eine Weile geschwiegen hatten, fuhr sie leise fort:

»Wirst du mir alles sagen, was du von mir erwartest, damit ich dich nicht enttäusche? Ich möchte in allem vollkommen sein, weil ich dich liebe, absolut vollkommen – doch das kann ich nur, wenn du mir dabei hilfst.«

Der Marquis atmete tief.

»Du brauchst nur du selbst zu sein, mein Liebes. So leicht ist das.«

Sie lächelte. Und als sie antwortete, sah er die Grübchen in ihren Wangen, und in ihren Augen war ein übermütiges Blitzen.

»Habe ich den ehescheuen Marquis tatsächlich eingefangen?« fragte sie. »Ich glaubte schon, dies würde nie einer Frau gelingen.«

»Das glaubte ich auch. Aber ich habe dich genauso eingefangen, und ich verspreche dir, daß es kein Entrinnen mehr für dich gibt. Du wirst mir niemals davonlaufen, und ich werde dich niemals mehr freigeben.«

»Beweise es mir!« flüsterte Cara. »Liebe mich, Ivo! Beweise es mir! Bitte... warte nicht länger damit...«

Sie drängte sich an ihn, und der Marquis glaubte, die kleine Flamme zu spüren, die er in ihr entfacht hatte und die ihren Körper erbeben ließ.

Dann schlang er die Arme um sie, und sein Herz schlug hart gegen das ihre.

Er wußte, sie waren nicht länger mehr zwei Menschen. Sie waren dabei, zwei in einem Fleisch zu werden.

Der Himmel tat sich vor ihnen auf. Zurück blieb die Erde und alles, was gemein, grausam und schmutzig auf ihr war.

Es würde nie wieder Macht über sie gewinnen…

Spannender Roman aus dem Anwaltsmilieu

Als Band mit der Bestellnummer 11416 erschien:

Zerrüttete Ehen sind sein Metier – D. T. Jones sieht sich zum Fachmann für Scheidungen im Schnellverfahren degradiert. Trotz allem liebt er seinen Beruf fast ebensosehr wie seine Ex-Frau und seine kleine Tochter. Als drei dramatische, nahezu aussichtslose Fälle zum Prüfstein für seine Karriere werden, wendet sich sein Leben . . .

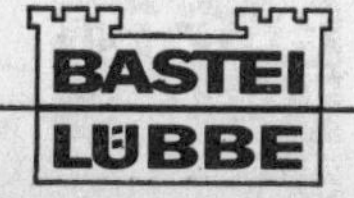

Roman

Von Barbara Cartland sind erschienen:

10255 Das Geheimnis der Lady Olivia
10288 Die kleine Heuchlerin
10335 Virginia und der ehescheue Graf
10371 Die falsche Herzogin
10396 Die Zweckheirat
10448 Im Labyrinth der Liebe
10484 Der Marquis und die schöne Korsarin
10521 Im Tal der Blumengöttin
10550 Wagnis der Liebe
10611 Ein Kuß für den König
10638 Allein in Paris
10698 Das gebrochene Herz
10732 Die Strafe der Königin
10770 Das Lied der Nachtigall
10824 Die falsche Braut
10847 Ein Kuß im Mondschein
10910 Vom Leben verstoßen
10945 Die Heimkehr des Herzogs
11190 Der Fehltritt
11218 Lord Ravenscars Rache
11274 Nur dem Namen nach
11318 Eine lästige Pflicht
11352 Verurteilt zum Schweigen
11386 Des Glücks verschlungene Wege
11436 Gefährliches Doppelspiel
11471 Das Trugbild
11509 Die Spionin des Kaisers
11555 Ein verhängnisvoller Schritt
11577 Der Herzog und die Zofe
11607 In den Fesseln der Liebe